三大师谈红楼梦

王国维 蔡元培 胡 适 著

古吴轩出版社
中国·苏州

图书在版编目（CIP）数据

三大师谈红楼梦 / 王国维, 蔡元培, 胡适著. — 苏州：古吴轩出版社，2017.9（2020.6重印）

（鸿儒国学讲堂）

ISBN 978-7-5546-0876-0

Ⅰ.①三… Ⅱ.①王…②蔡…③胡… Ⅲ.①《红楼梦》研究 Ⅳ.①I207.411

中国版本图书馆CIP数据核字（2017）第192401号

责任编辑：蒋丽华
见习编辑：薛　芳
装帧设计：鸿儒文轩·书心瞬意

书　　名：	三大师谈红楼梦
著　　者：	王国维　蔡元培　胡适
出版发行：	古吴轩出版社
	地址：苏州市十梓街458号　　邮编：215006
	电话：0512-65233679　　传真：0512-65220750
出 版 人：	尹剑峰
印　　刷：	三河市华东印刷有限公司
开　　本：	650×940　1/16
印　　张：	14.25
版　　次：	2017年9月第1版
印　　次：	2020年6月第2次印刷
书　　号：	ISBN 978-7-5546-0876-0
定　　价：	45.00元

如有印装质量问题，请与印刷厂联系。

目 录

王国维 《红楼梦》评论

第一章 人生及美术之概观 /2

第二章 《红楼梦》之精神 /7

第三章 《红楼梦》之美学上之价值 /13

第四章 《红楼梦》之伦理学上之价值 /18

第五章 余论 /24

蔡元培 《石头记》索隐

第六版自序 对于胡适之先生《〈红楼梦〉考证》之商榷 /30

《石头记》索隐 /36

胡适 《红楼梦》考证

《红楼梦》考证 / 82

跋《红楼梦考证》 / 123

考证《红楼梦》的新材料 / 132

附：关于《红楼梦》的序跋和题记九篇

跋乾隆庚辰本《脂砚斋重评石头记》抄本 / 160

脂砚斋评本《石头记》题记（三则） / 171

影印乾隆甲戌《脂砚斋重评石头记》的缘起 / 173

跋乾隆甲戌《脂砚斋重评石头记》影印本 / 177

重印乾隆壬子本《红楼梦》序 / 201

胡天猎先生影印乾隆壬子年活字版 百廿回《红楼梦》短序 / 210

跋子水藏的有正书局石印的戚蓼生序本 《红楼梦》的小字本 / 213

俞平伯的《红楼梦辨》 / 216

跋《红楼梦书录》 / 220

王国维 《红楼梦》评论

第一章　人生及美术之概观

老子曰："人之大患，在我有身。"庄子曰："大块载我以形，劳我以生。"忧患与劳苦之与生，相对待也久矣。夫生者，人人之所欲；忧患与劳苦者，人人之所恶也。然则讵不人人欲其所恶，而恶其所欲欤？将其所恶者，固不能不欲，而其所欲者，终非可欲之物欤？人有生矣，则思所以奉其生：饥而欲食，渴而欲饮，寒而欲衣，露处而欲宫室。此皆所以维持一人之生活者也。然一人之生，少则数十年，多则百年而止耳。而吾人欲生之心，必以是为不足。于是于数十年百年之生活外，更进而图永远之生活：时则有牝牡之欲，家室之累；进而育子女矣，则有保抱、扶持、饮食、教诲之责，婚嫁之务。百年之间，早作而夕思，穷老而不知所终。问有出于此保存自己及种姓之生活之外者乎？无有也。百年之后，观吾人之成绩，其有逾于此保存自己及种姓之生活之外者乎？无有也。又人人知侵害自己及种姓之生活者之非一端也。于是相集而成一群，相约束而立一国，择其贤且智者以为君，为之立法律以治之，建学校以教之，为之警察以防内奸，为之陆海军以御外患，使人人各遂其生活之欲而不相侵害：凡此皆欲生之心之所为也。夫人之于生活也，欲之如此其切也，用力如此其勤也，设计如此其周且至也，固亦有其真可欲者存欤？吾人之忧患劳苦，固亦有所以偿之者欤？则吾人不得不就生活之本质，熟思而审考之也。

生活之本质何？"欲"而已矣。欲之为性无厌，而其原生于不足。不足之状态，苦痛是也。既偿一欲，则此欲以终。然欲之被偿者一，而不偿者十百。一欲既终，他欲随之。故究竟之慰藉，终不可得也。即使吾人之欲悉偿，而更无所欲之对象，倦厌之情即起而乘之。于是吾人自己之生活，若负之而不胜其重。故人生者，如钟表之摆，实往复于苦痛与倦厌之间者也，夫倦厌固可视为苦痛之一种。有能除去此二者，吾人谓之曰快乐。然当其求快乐也，吾人于固有之苦痛外，又不得不加以努力，而努力亦苦痛之一也。且快乐之后，其感苦痛也弥深。故苦痛而无回复之快乐者有之矣，未有快乐而不先之或继之以苦痛者也。又此苦痛与世界之文化俱增，而不由之而减。何则？文化愈进，其知识弥广，其所欲弥多，又其感苦痛亦弥甚故也。然则人生之所欲，既无以逾于生活，而生活之性质又不外乎苦痛，故欲与生活、与苦痛，三者一而已矣。

吾人生活之性质，既如斯矣，故吾人之知识，遂无往而不与生活之欲相关系，即与吾人之利害相关系。就其实而言之，则知识者，固生于此欲，而示此欲以我与外界之关系，使之趋利而避害者也。常人之知识，止知我与物之关系，易言以明之，止知物之与我相关系者，而于此物中，又不过知其与我相关系之部分而已。及人知渐进，于是始知欲知此物与我之关系，不可不研究此物与彼物之关系。知愈大者，其研究愈远焉。自是而生各种之科学：如欲知空间之一部之与我相关系者，不可不知空间全体之关系，于是几何学兴焉。（按：西洋几何学Geometry之本义，系量地之意，可知古代视为应用之科学，而不视为纯粹之科学也。）欲知力之一部之与我相关系者，不可不知力之全体之关系，于是力学兴焉。吾人既知一物之全体之关系，又知此物与彼物之全体之关系，而立一法则焉，以应用之。于是物之现于吾前者，其与我之关系，及其与他物之关系，粲然陈于目前而无所遁。夫然后吾人得以利用此物，有其利而无其害，以使吾人生活之欲，增进于无穷。此科学之功效也。故科学上之成功，虽若层楼杰观，高严巨丽，然其基址则筑乎生活之欲之上，与政治上之系统立于生活之欲之上无以异。然则吾人理论与实际之二方面，皆此生活之欲之结果也。

由是观之，吾人之知识与实践之二方面，无往而不与生活之欲相关系，即与苦痛相关系。兹有一物焉，使吾人超然于利害之外，而忘物与我之关系。此时也，吾人之心无希望、无恐怖，非复欲之我，而但知之我也。此犹积阴弥月，而旭日杲杲也；犹覆舟大海之中，浮沉上下，而飘著于故乡之海岸也；犹阵云惨淡，而插翅之天使，赍平和之福音而来者也；犹鱼之脱于罾网，鸟之自樊笼出，而游于山林江海也。然物之能使吾人超然于利害之外者，必其物之于吾人无利害之关系而后可，易言以明之，必其物非实物而后可。然则非美术何足以当之乎？夫自然界之物，无不与吾人有利害之关系；纵非直接，亦必间接相关系者也。苟吾人而能忘物与我之关系而观物，则夫自然界之山明水媚、鸟飞花落，固无往而非华胥之国、极乐之土也。岂独自然界而已？人类之言语动作、悲欢啼笑，孰非美之对象乎？然此物既与吾人有利害之关系，而吾人欲强离其关系而观之，自非天才，岂易及此？于是天才者出，以其所观于自然人生中者复现之于美术中，而使中智以下之人，亦因其物之与己无关系，而超然于利害之外。是故观物无方，因人而变：濠上之鱼，庄、惠之所乐也，而渔父袭之以网罟；舞雩之木，孔、曾之所憩也，而樵者继之以斤斧。若物非有形，心无所住，则虽殉财之夫、贵私之子，宁有对曹霸、韩干之马而计驰骋之乐，见毕宏、韦偃之松而思栋梁之用，求好逑于雅典之偶，思税驾于金字之塔者哉？故美术之为物，欲者不观，观者不欲；而艺术之美所以优于自然之美者，全存于使人易忘物我之关系也。

而美之为物有二种：一曰优美，一曰壮美。苟一物焉，与吾人无利害之关系，而吾人之观之也，不观其关系，而但观其物；或吾人之心中，无丝毫生活之欲存，而其观物也，不视为与我有关系之物，而但视为外物，则今之所观者，非昔之所观者也。此时吾心宁静之状态，名之曰优美之情，而谓此物曰优美。若此物大不利于吾人，而吾人生活之意志为之破裂，因之意志遁去，而知力得为独立之作用，以深观其物，吾人谓此物曰壮美，而谓其感情曰壮美之情。普通之美，皆属前种。至于地狱变相之图、决斗垂死之像、庐江小吏之诗、雁门尚书之曲，其人固氓庶之所共怜，其遇虽戾夫为之流涕，讵有子颓乐祸之心，宁无尼父反袂之戚，而吾人观之，不厌千复。格代（今译歌德，下同）之诗曰：

What in life doth only grieve us,

That in art we gladly see.

凡人生中足以使人悲者，于美术中则吾人乐而观之。

此之谓也。此即所谓壮美之情；而其快乐存于使人忘物我之关系，则固与优美无以异也。

至美术中之与二者相反者，名之曰眩惑。夫优美与壮美，皆使吾人离生活之欲，而入于纯粹之知识者。若美术中而有眩惑之原质乎，则又使吾人自纯粹之知识出，而复归于生活之欲。如蜜饵，《招魂》《七发》之所陈；玉体横陈，周、仇英之所绘；《西厢记》之《酬柬》，《牡丹亭》之《惊梦》；伶元之传飞燕，杨慎之赝《秘辛》：徒讽一而劝百，欲止沸而益薪。所以子云有"靡靡"之诮，法秀有"绮语"之诃。虽则梦幻泡影，可作如是观，而拔舌地狱，专为斯人设者矣。故眩惑之于美，如甘之于辛，火之于水，不相并立者也。吾人欲以眩惑之快乐，医人世之苦痛，是犹欲航断港而至海，入幽谷而求明，岂徒无益，而又增之。则岂不以其不能使人忘生活之欲，及此欲与物之关系，而反鼓舞之也哉？眩惑之与优美及壮美相反对，其故实存于此。

今既述人生与美术之概略如左，吾人且持此标准，以观我国之美术。而美术中以诗歌、戏曲、小说为其顶点，以其目的在描写人生故。吾人于是得一绝大著作，曰《红楼梦》。

第二章 《红楼梦》之精神

哀伽尔之诗曰：

Ye wise men,highly,deeply learned,
Who think it out and know,
How,when and where do all things pair?
Why do they kiss and love?
Ye men of lofty wisdom,say
What happened to me then,
Search out and tell me where,how,when,
And why it happened thus.

嗟汝哲人，靡所不知，靡所不学，既深且賾。粲粲生物，罔不匹俦，各啮厥唇，而相厥攸。匪汝哲人，孰知其故？自何时始，来自何处？嗟汝哲人，渊渊其知。相彼百昌，奚而熙熙？愿言哲人，诏余其故。自何时始，来自何处？

哀伽尔之问题，人人所有之问题，而人人未解决之大问题也。人有恒言曰："饮食男女，人之大欲存焉。"然人七日不食则死，一日不再食则饥。若男女之欲，则于一人之生活上，宁有害无利者也，而吾人之欲之也如此，何哉？吾人自少壮以后，其过半之光阴、过半之事业，所计划、所勤动者为何事？汉之成、哀，曷为而丧其生？殷辛、周幽，曷为而亡其国？励精如唐玄宗，英武如后唐庄宗，曷为而不善其终？且人生苟为数十年之生活计，则其维持此生活，亦易易耳，曷为而其忧劳之度，倍蓰而未有已？记曰："人不婚宦，情欲失半。"人苟能解此问题，则于人生之知识，思过半矣。而蚩蚩者乃日用而不知，岂不可哀也欤！其自哲学上解此问题者，则二千年间，仅有叔本华之《男女之爱之形而上学》耳。诗歌、小说之描写此事者，通古今东西，殆不能悉数，然能解决之者鲜矣。《红楼梦》一书，非徒提出此问题，又解决之者也。彼于开卷即下男女之爱之神话的解释，其叙此书之主人公贾宝玉之来历曰：

却说女娲氏炼石补天之时，于大荒山无稽崖，炼成高十二丈、见方二十四丈大的顽石三万六千五百零一块。那娲皇只用了三万六千五百块，单单剩下一块未用，弃在青埂峰下。谁知此石自经锻炼之后，灵性已通，自去自来，可大可小。因见众石俱得补天，独自己无才，不得入选，遂自怨自艾，日夜悲哀。（第一回）

此可知生活之欲之先人生而存在，而人生不过此欲之发现也。

此可知吾人之堕落，由吾人之所欲，而意志自由之罪恶也。夫顽钝者既不幸而为此石矣，又幸而不见用，则何不游于广漠之野、无何有之乡，以自适其适，而必欲入此忧患劳苦之世界，不可谓非此石之大误也。由此一念之误，而遂造出十九年之历史与百二十回之事实，与茫茫大士、渺渺真人何歟？又于第百十七回中，述宝玉与和尚之谈论曰：

"弟子请问师父，可是从太虚幻境而来？"那和尚道："什么是幻境？不过是来处来去处去罢了。我是送还你的玉来的。我且问你，你那玉是从那里来的？"宝玉一时对答不来。那和尚笑道："你的来路还不知，便来问我！"宝玉本来颖悟，又经点化，早把红尘看破，只是自己的底里未知；一闻那僧问起玉来，好像当头一棒，便说："你也不用银子了，我把那玉还你罢。"那僧笑道："早该还我了！"

所谓"自己的底里未知"者，未知其生活乃自己之一念之误，而此念之所自造也。及一闻和尚之言，始知此不幸之生活，由自己之所欲，而其拒绝之也，亦不得由自己，是以有还玉之言。所谓"玉"者，不过生活之欲之代表而已矣。故携入红尘者，非彼二人之所为，顽石自己而已；引登彼岸者，亦非二人之力，顽石自己而已。此岂独宝玉一人然哉？人类之堕落与解脱，亦视其意志而已。而此生活之意志，其于永远之生活，比个人之生活为尤切；易言以明之，则男女之欲，尤强于饮食之欲。何则？前者无尽的，后者有限的也；前者形而上的，后者形而下的也。又如上章所说，生活之于苦痛，二者一而非二，而苦痛之度，与主张生活之欲之度为比例。是故前者之苦痛，尤倍蓰于后者之苦痛。而《红楼梦》一书，实示此生活、此苦痛之由于自造，又示其解脱之道不可不由自己求之者也。

而解脱之道，存于出世，而不存于自杀。出世者，拒绝一切生活之欲者也。彼知生活之无所逃于苦痛，而求入于无生之域。当其终也，恒干虽存，固已形如槁木，而心如死灰矣。若生活之欲如故，但不满于现在之生活，而求主张之于异日，则死于此者，固不得不复生于彼，而苦海之流，又将与生活之欲而无穷。故金钏之堕井也，司棋之触墙也，尤三姐、潘又安之自刎也，非解脱也，求偿其欲而不得也。彼等之所不欲者，其特别之生活，而对生活之为物，则固欲之而不疑也。故此书中真正之解脱，仅贾宝玉、惜春、紫鹃三人耳。而柳湘莲之入道，有似潘又安；芳官之出家，略同于金钏。故苟有生活之欲存乎，则虽出世而无与于解脱；苟无此欲，则自杀亦未始非解脱之一者也。如鸳鸯之死，彼固有不得已之境遇在；不然，则惜春、紫鹃之事，固亦其所优为者也。

而解脱之中，又自有二种之别：一存于观他人之苦痛，一存于觉自己之苦痛。然前者之解脱，唯非常之人为能，其高百倍于后者，而其难亦百倍。但由其成功观之，则二者一也。通常之人，其解脱由于苦痛之阅历，而不由于苦痛之知识。唯非常之人，由非常之知力，而洞观宇宙人生之本质，始知生活与苦痛之不能相离，由是求绝其生活之欲，而得解脱之道。然于解脱之途中，彼之生活之欲，犹时时起而与之相抗，而生种种之幻影。所谓恶魔者，不过此等幻影之人物化而已矣。故通常之解脱，存于自己之苦痛。彼之生活之欲，因不得其满足而愈烈，又因愈烈而愈不得其满足，如此循环，而陷于失望之境遇，遂悟宇宙人生之真相，遽而求其息肩之所。彼全变其气质，而超出乎苦乐之外，举昔之所执著者，一旦而舍之。彼以生活为炉、苦痛为炭，而铸其解脱之鼎。彼以疲于生活之欲故，故其生活之欲，不能复起而为之幻影。此通常之人解脱之状态也。前者之解脱，如惜春、紫鹃；后者之解脱，如宝玉。前者之解脱，超自然的也，神明的也；后者之解脱，自然的也，人类的也。前者之解脱，宗教的也；后者美术的也。前者平和的也；后者悲感的也，壮美的也，故文学的也，诗歌的也，小说的也。此《红楼梦》之主人公所以非惜春、紫鹃，而为贾宝玉者也。

呜呼，宇宙一生活之欲而已！而此生活之欲之罪过，即以生活之苦痛罚之，此即宇宙之永远的正义也。自犯罪，自加罚，自忏悔，自解脱。美术之务在描写人生之苦痛与其解脱之道，而使吾侪冯生之徒，于此桎梏之世界中，离此生活之欲之争斗，而得其暂时之平和。此一切美术之目的也。夫欧洲近世之文学中，所以推格代之《法斯德》（今译《浮士德》）为第一者，以其描写博士法斯德之苦痛，及其解脱之途径，最为精切故也。若《红楼梦》之写宝玉，又岂有以异于彼乎？彼于缠陷最深之中，而已伏解脱之种子，故听《寄生草》之曲而悟立足之境，读《篋》之篇而作焚花散麝之想。所以未能者，则以黛玉尚在耳，至黛玉死而其志渐决。然尚屡失于宝钗，几败于五儿，屡蹶屡振，而终获最后之胜利。读者观自九十八回以至百二十回之事实，其解脱之行程，精进之历史，明了真切何如哉！且法斯德之苦痛，天才之苦痛；宝玉之苦痛，人人所有之苦痛也。其存于人之根柢者为独深，而其希救济也为尤切。作者一一掇拾而发挥之，我辈之读此书者，宜如何表满足感谢之意哉？而吾人于作者之姓名，尚有未确实之知识。岂徒吾侪寡学之羞，亦足以见二百余年来，吾人之祖先对此宇宙之大著述如何冷淡遇之也？谁使此大著述之作者不敢自署其名？此可知此书之精神大背于吾国人之性质，及吾人之沉溺于生活之欲而乏美术之知识有如此也。然则予之为此论，亦自知有罪也矣。

第三章 《红楼梦》之美学上之价值

　　如上章之说,吾国人之精神,世间的也,乐天的也,故代表其精神之戏曲、小说,无往而不著此乐天之色彩:始于悲者终于欢,始于离者终于合,始于困者终于亨。非是而欲餍阅者之心,难矣。若《牡丹亭》之返魂,《长生殿》之重圆,其最著之一例也。《西厢记》之以惊梦终也,未成之作也,此书若成,吾乌知其不为《续西厢》之浅陋也?有《水浒传》矣,曷为而又有《荡寇志》?有《桃花扇》矣,曷为而又有《南桃花扇》?有《红楼梦》矣,彼《红楼复梦》《补红楼梦》《续红楼梦》者,曷为而作也?又曷为而有反对《红楼梦》之《儿女英雄传》?故吾国之文学中,其具厌世解脱之精神者,仅有《桃花扇》与《红楼梦》耳。而《桃花扇》之解脱,非真解脱也:沧桑之变,目击之而身历之,不能自悟,而悟于张道士之一言;且以历数千里,冒不测之险,投缧绁之中,所索之女子,才得一面,而以道士之言,一朝而舍之。自非三尺童子,其谁信之哉?故《桃花扇》之解脱,他律的也;而《红楼梦》

之解脱，自律的也。且《桃花扇》之作者，但借侯、李之事，以写故国之戚，而非以描写人生为事。故《桃花扇》，政治的也，国民的也，历史的也；《红楼梦》，哲学的也，宇宙的也，文学的也。此《红楼梦》之所以大背于吾国人之精神，而其价值亦即存乎此。彼《南桃花扇》《红楼复梦》等，正代表吾国人乐天之精神者也。

　　《红楼梦》一书与一切喜剧相反，彻头彻尾之悲剧也。其大宗旨如上章之所述，读者既知之矣。除主人公不计外，凡此书中之人有与生活之欲相关系者，无不与苦痛相终始。以视宝琴、岫烟、李纹、李绮等，若藐姑射神人，乎不可及矣。夫此数人者，曷尝无生活之欲，曷尝无苦痛？而书中既不及写其生活之欲，则其苦痛自不得而写之；足以见二者如骖之靳，而永远的正义无往不逞其权力也。又吾国之文学，以挟乐天的精神故，故往往说诗歌的正义，善人必令其终，而恶人必离其罚；此亦吾国戏曲、小说之特质也。《红楼梦》则不然。赵姨、凤姐之死，非鬼神之罚，彼良心自己之苦痛也。若李纨之受封，彼于《红楼梦》十四曲中，固已明说之曰：

　　〔晚韶华〕镜里恩情，更那堪梦里功名！那美韶华去之何迅！再休提绣帐鸳衾。只这戴珠冠，披凤袄，也抵不了无常性命。虽说是，人生莫受老来贫，也须要阴骘积儿孙。气昂昂头戴簪缨，光灿灿胸悬金印，威赫赫爵禄高登，昏惨惨黄泉路近。问古来将相可还存？也只是虚名儿与后人钦敬。（第五回）

　　此足以知其非诗歌的正义，而既有世界人生以上，无非永远的正义之所统辖也。故曰《红楼梦》一书，彻头彻尾的悲剧也。

由叔本华之说，悲剧之中又有三种之别：第一种之悲剧，由极恶之人，极其所有之能力以交构之者。第二种，由于盲目的运命者。第三种之悲剧，由于剧中之人物之位置及关系而不得不然者，非必有蛇蝎之性质与意外之变故也，但由普通之人物、普通之境遇，逼之不得不如是，彼等明知其害，交施之而交受之，各加以力而各不任其咎。此种悲剧，其感人贤于前二者远甚。何则？彼示人生最大之不幸，非例外之事，而人生之所固有故也。若前二种之悲剧，吾人对蛇蝎之人物与盲目之命运，未尝不悚然战栗；然以其罕见之故，犹幸吾生之可以免，而不必求息肩之地也。但在第三种，则见此非常之势力，足以破坏人生之福祉者，无时而不可坠于吾前；且此等惨酷之行，不但时时可受诸己，而或可以加诸人，躬丁其酷，而无不平之可鸣，此可谓天下之至惨也。若《红楼梦》，则正第三种之悲剧也。兹就宝玉、黛玉之事言之：贾母爱宝钗之婉，而惩黛玉之孤僻，又信金玉之邪说，而思压宝玉之病；王夫人固亲于薛氏；凤姐以持家之故，忌黛玉之才而虞其不便于己也；袭人惩尤二姐、香菱之事，闻黛玉"不是东风压了西风，就是西风压了东风"（第八十二回）之语，惧祸之及，而自同于凤姐，亦自然之势也。宝玉之于黛玉，信誓旦旦，而不能言之于最爱之之祖母，则普通之道德使然；况黛玉一女子哉！由此种种原因，而金玉以之合，木石以之离，又岂有蛇蝎之人物、非常之变故，行于其间哉？不过通常之道德、通常之人情、通常之境遇为之而已。由此观之，《红楼梦》者，可谓悲剧中之悲剧也。

由此之故，此书中壮美之部分，较多于优美之部分，而眩惑之原质殆绝焉。作者于开卷即申明之曰：

更有一种风月笔墨，其淫秽污臭，最易坏人子弟。至于才子佳人等书，则又开口文君，满篇子建，千部一腔，千人一面，且终不能不涉淫滥。在作者不过欲写出自己两首情诗艳赋来，故假捏出男女二人名姓，又必旁添一小人拨乱其间，如戏中小丑一般。（此又上节所言之一证。）

兹举其最壮美者之一例，即宝玉与黛玉最后之相见一节曰：

那黛玉听着傻大姐说宝玉娶宝钗的话，此时心里竟是油儿酱儿糖儿醋儿倒在一处的一般，甜苦酸咸，竟说不上什么味儿来了……自己转身要回潇湘馆去，那身子竟有千百斤重的，两只脚却像踏着棉花一般，早已软了。只得一步一步慢慢的走将下来。走了半天，还没到沁芳桥畔，脚下愈加软了。走的慢，且又迷迷痴痴，信着脚从那边绕过来，更添了两箭地路。这时刚到沁芳桥畔，却又不知不觉的顺着堤往回里走起来。紫鹃取了绢子来，却不见黛玉。正在那里看时，只见黛玉颜色雪白，身子恍恍荡荡的，眼睛也直直的，在那里东转西转……只得赶过来轻轻的问道："姑娘怎么又回去？是要往那里去？"黛玉也只模糊听见，随口答道："我问问宝玉去。"……紫鹃只得搀他进去。那黛玉却又奇怪了，这时不似先前那样软了，也不用紫鹃打帘子，自己掀起帘子进来……见宝玉在那里坐着，也不起来让坐，只瞧着嘻嘻的呆笑。黛玉自己坐下，却也瞧着宝玉笑。两个也不问好，也不说话，也无推让，只管对着脸呆笑起来。忽然听着黛玉说道："宝玉！你为什么病了？"宝玉笑道："我为林姑娘病了。"袭人、紫鹃两个，吓得面目改色，连忙用言语来岔。两个却又不答言，仍旧呆笑起来……紫鹃搀起黛玉，那黛玉也就站起来，瞧着宝玉，只管笑，只管点头儿。紫鹃又催道："姑娘回家去歇歇罢！"黛玉道："可不是，我这就是回去的时候儿了！"说着，便回身笑着出来了，仍旧不用丫头们搀扶，自己却走得比往常飞快。（第九十六回）

如此之文，此书中随处有之，其动吾人之感情何如？凡稍有审美的嗜好者，无人不经验之也。

《红楼梦》之为悲剧也如此。昔雅里大德勒于《诗论》（即亚里士多德《诗学》，也名《论诗》）中，谓悲剧者，所以感发人之情绪而高上之，殊如恐惧与悲悯之二者，为悲剧中固有之物，由此感发，而人之精神于焉洗涤。故其目的，伦理学上之目的也。叔本华置诗歌于美术之顶点，又置悲剧于诗歌之顶点；而于悲剧之中，又特重第三种，以其示人生之真相，又示解脱之不可已故。故美学上最终之目的，与伦理学上最终之目的合。由是，《红楼梦》之美学上之价值，亦与其伦理学上之价值相联络也。

第四章 《红楼梦》之伦理学上之价值

自上章观之,《红楼梦》者,悲剧中之悲剧也。其美学上之价值,即存乎此。然使无伦理学上之价值以继之,则其于美术上之价值,尚未可知也。今使为宝玉者,于黛玉既死之后,或感愤而自杀,或放废以终其身,则虽谓此书一无价值可也。何则?欲达解脱之域者,固不可不尝人世之忧患;然所贵乎忧患者,以其为解脱之手段故,非重忧患自身之价值也。今使人日日居忧患、言忧患,而无希求解脱之勇气,则天国与地狱,彼两失之;其所领之境界,除阴云蔽天,沮洳弥望外,固无所获焉。黄仲则《绮怀》诗曰:

似此星辰非昨夜,为谁风露立中宵。

又其卒章曰:

结束铅华归少作,屏除丝竹入中年;茫茫来日愁如海,寄语羲和快着鞭。

其一例也。《红楼梦》则不然，其精神之存于解脱，如前二章所说，兹固不俟喋喋也。

然则解脱者，果足为伦理学上最高之理想否乎？自通常之道德观之，夫人知其不可也。夫宝玉者，固世俗所谓绝父子、弃人伦、不忠不孝之罪人也。然自太虚中有今日之世界，自世界中有今日之人类，乃不得不有普通之道德，以为人类之法则。顺之者安，逆之者危；顺之者存，逆之者亡。于今日之人类中，吾固不能不认普通之道德之价值也。然所以有世界人生者，果有合理的根据欤？抑出于盲目的动作，而别无意义存乎其间欤？使世界人生之存在，而有合理的根据，则人生中所有普通之道德，谓之绝对的道德可也。然吾人从各方面观之，则世界人生之所以存在，实由吾人类之祖先一时之误谬。诗人之所悲歌，哲学者之所冥想，与夫古代诸国民之传说，若出一揆。若第二章所引《红楼梦》第一回之神话的解释，亦于无意识中暗示此理，较之《创世记》所述人类犯罪之历史，尤为有味者也。夫人之有生，既有鼻祖之误谬矣，则夫吾人之同胞，凡为此鼻祖之子孙者，苟有一人焉，未入解脱之域，则鼻祖之罪终无时而赎，而一时之误谬，反复至数千万年而未有已也。则夫绝弃人伦如宝玉其人者，自普通之道德言之，固无所辞其不忠不孝之罪；若开天眼而观之，则彼固可谓干父之蛊者也。知祖父之误谬，而不忍反复之以重其罪，顾得谓之不孝哉？然则宝玉"一子出家，七祖升天"之说，诚有见乎所谓孝者在此不在彼，非徒自辩护而已。

然则举世界之人类，而尽入于解脱之域，则所谓宇宙者，不诚无物也欤？然有无之说，盖难言之矣。夫以人生之无常，而知识之不可恃，安知吾人之所谓"有"，非所谓真有者乎？则自其反而言之，又安知吾人之所谓"无"，非所谓真无者乎？即真无矣，而使吾人自空乏与满足、希望与恐怖之中出，而获永远息肩之所，不犹愈于世之所谓有者乎！然则吾人之畏无也，与小儿之畏暗黑何以异？自已解脱者观之，安知解脱之后，山川之美、日月之华，不有过于今日之世界者乎？读《飞鸟各投林》之曲，所谓"一片白茫茫大地真干净"者，有欤无欤，吾人且勿问，但立乎今日之人生而观之，彼诚有味乎其言之也。

  难者又曰：人苟无生，则宇宙间最可宝贵之美术，不亦废欤？曰：美术之价值，对现在之世界人生而起者，非有绝对的价值也。其材料取诸人生，其理想亦视人生之缺陷逼仄，而趋于其反对之方面。如此之美术，唯于如此之世界、如此之人生中，始有价值耳。今设有人焉，自无始以来，无生死，无苦乐，无人世之碍，而唯有永远之知识，则吾人所宝为无上之美术，自彼视之，不过蛙鸣蝉噪而已。何则？美术上之理想，固彼之所自有，而其材料，又彼之所未尝经验故也。又设有人焉，备尝人世之苦痛，而已入于解脱之域，则美术之于彼也，亦无价值。何则？美术之价值，存于使人离生活之欲，而入于纯粹之知识。彼既无生活之欲矣，而复进之以美术，是犹馈壮夫以药石，多见其不知量而已矣。然而超今日之世界人生以外者，于美术之存亡，固自可不必问也。

  夫然，故世界之大宗教，如印度之婆罗门教及佛教，希伯来之基督教，皆以解脱为唯一之宗旨。哲学家，如古代希腊之柏拉图，近世德意志之叔本华，其最高之理想，亦存于解脱。殊如叔本华之说，由其深邃之知识论、伟大之形而上学出，一扫宗教之神话的面具，而易以名学之论法；其真挚之感情与巧妙之文字，又足以济之。故其说精密确实，非如古代之宗教及哲学说，徒属想象而已。然事不厌其求详，姑以生平所疑者商榷焉。夫由叔氏之哲学说，则一切人类及万物之根本，一也。故充叔氏拒绝意志之说，非一切人类及万物，各拒绝其生活之意志，则一人之意志，亦不得而拒绝。何则？生活之意志之存于我者，不过其一最小部分，而其大部分之存于一切人类及万物者，皆与我之意志同。而此物我之差别，仅由于吾人知力之形式，故离此知力之形式，而反其根本而观之，则一切人类及万物之意志，皆我之意志也。然则拒绝吾一人之意志，而姝姝自悦曰解脱，是何异蹄之水，而注之沟壑，而曰天下皆得平土而居之哉！佛之言曰："若不尽度众生，誓不成佛。"其言犹若有能之而不欲之意。然自吾人观之，此岂徒能之而不欲哉？将毋欲之而不能也。故如叔本华之言一人之解脱，而未言世界之解脱，实与其意志同一之说，不能两立者也。叔氏于无意识中亦触此疑问，故于其《意志及观念之世界》之第四编之末，力护其说，曰：

人之意志，于男女之欲，其发现也为最著。故完全之贞操，乃拒绝意志，即解脱之第一步也。夫自然中之法则，固自最确实者。使人人而行此格言，则人类之灭绝，自可立而待。至人类以降之动物，其解脱与堕落，亦当视人类以为准。《吠陀》之经典曰："一切众生之待圣人，如饥儿之望慈父母也。"基督教中亦有此思想。珊列休斯于其《人持一切物归于上帝》之小诗中曰："嗟汝万物灵，有生皆爱汝。总总环汝旁，如儿索母乳。携之适天国，惟汝力是怙！"德意志之神秘学者马斯太哀克赫德亦云："《约翰福音》云，余之离世界也，将引万物而与我俱。基督岂欺我哉？夫善人，固将持万物而归之于上帝，即其所从出之本者也。今夫一切生物，皆为人而造，又各自相为用；牛羊之于水草，鱼之于水，鸟之于空气，野兽之于林莽皆是也。一切生物皆上帝所造，以供善人之用，而善人携之以归上帝。"彼意盖谓人之所以有用动物之权利者，实以能救济之之故也。

于佛教之经典中，亦说明此真理。方佛之尚为菩提萨也，自王宫逸出而入深林时，彼策其马而歌曰："汝久疲于生死兮，今将息此任载。负余躬以遐举兮，继今日而无再。苟彼岸其余达兮，余将徘徊以汝待！"（《佛国记》）此之谓也。（英译《意志及观念之世界》第一册第四百九十二页）

然叔氏之说，徒引据经典，非有理论的根据也。试问释迦示寂以后，基督尸十字架以来，人类及万物之欲生奚若？其痛苦又奚若？吾知其不异于昔也。然则所谓持万物而归之上帝者，其尚有所待欤？抑徒沾沾自喜之说，而不能见诸实事者欤？果如后说，则释迦、基督自身之解脱与否，亦尚在不可知之数也。往者作一律曰：

　　生平颇忆挈卢敖，东过蓬莱浴海涛。
　　何处云中闻犬吠，至今湖畔尚乌号。
　　人间地狱真无间，死后泥洹枉自豪。
　　终古众生无度日，世尊只合老尘嚣。

何则？小宇宙之解脱，视大宇宙之解脱以为准故也。赫尔德曼人类涅之说，所以起而补叔氏之缺点者以此。要之，解脱之足以为伦理学上最高之理想与否，实存于解脱之可能与否。若夫普通之论难，则固如楚楚蜉蝣，不足以撼十围之大树也。

今使解脱之事，终不可能，然一切伦理学上之理想，果皆可能也欤？今夫与此无生主义相反者，生生主义也。夫世界有限，而生人无穷；以无穷之人，生有限之世界，必有不得遂其生者矣。世界之内，有一人不得遂其生者，固生生主义之理想之所不许也。故由生生主义之理想，则欲使世界生活之量，达于极大限，则人人生活之度，不得不达于极小限。盖度与量二者，实为一精密之反比例，所谓最大多数之最大福祉者，亦仅归于伦理学者之梦想而已。夫以极大之生活量，而居于极小之生活度，则生活之意志之拒绝也奚若？此生生主义与无生主义相同之点也。苟无此理想，则世界之内，弱之肉，强之食，一任诸天然之法则耳，奚以伦理为哉？然世人日言生生主义，而此理想之达于何时，则尚在不可知之数。要之，理想者可近而不可即，亦终古不过一理想而已矣。人知无生主义之理想之不可能，而自忘其主义之理想之何若，此则大不可解脱者也。

夫如是，则《红楼梦》之以解脱为理想者，果可菲薄也欤？夫以人生忧患之如彼，而劳苦之如此，苟有血气者，未有不渴慕救济者也，不求之于实行，犹将求之于美术。独《红楼梦》者，同时与吾人以二者之救济。人而自绝于救济则已耳；不然，则对此宇宙之大著述，宜如何企踵而欢迎之也！

第五章　余论

　　自我朝考证之学盛行，而读小说者，亦以考证之眼读之。于是评《红楼梦》者，纷然索此书中之主人公之为谁，此又甚不可解者也。夫美术之所写者，非个人之性质，而人类全体之性质也。唯美术之特质，贵具体而不贵抽象。于是举人类全体之性质，置诸个人之名字之下。譬诸副墨之子、洛诵之孙，亦随吾人之所好名之而已。善于观物者，能就个人之事实，而发现人类全体之性质；今对人类之全体，而必规规焉求个人以实之，人之知力相越，岂不远哉！故《红楼梦》之主人公，谓之贾宝玉可，谓之"子虚""乌有"先生可，即谓之纳兰容若，谓之曹雪芹，亦无不可也。

　　综观评此书者之说，约有二种：一谓述他人之事，一谓作者自写其生平也。第一说中，大抵以贾宝玉为即纳兰性德。其说要非无所本。案性德《饮水诗集·别意》六首之三曰：

　　独拥余香冷不胜，残更数尽思腾腾。今宵便有随风梦，知在红楼第几层?

又《饮水词》中《于中好》一阕云：

别绪如丝睡不成，那堪孤枕梦边城。因听紫塞三更雨，却忆红楼半夜灯。

又《减字木兰花》一阕咏新月云：

莫教星替，守取团圆终必遂。此夜红楼，天上人间一样愁。

"红楼"之字凡三见，而云"梦红楼"者一。又其亡妇忌日作《金缕曲》一阕，其首三句云：

此恨何时已，滴空阶寒更雨歇，葬花天气。

"葬花"二字，始出于此。然则《饮水集》与《红楼梦》之间，稍有文字之关系，世人以宝玉为即纳兰侍卫者，殆由于此。然诗人与小说家之用语，其偶合者固不少。苟执此例以求《红楼梦》之主人公，吾恐其可以傅合者，断不止容若一人而已。若夫作者之姓名（遍考各书，未见曹雪芹何名）与作书之年月，其为读此书者所当知，似更比主人公之姓名为尤要。顾无一人为之考证者，此则大不可解者也。

至谓《红楼梦》一书，为作者自道其生平者。其说本于此书第一回"竟不如我亲见亲闻的几个女子"一语。信如此说，则唐旦之《天国喜剧》，可谓无独有偶者矣。然所谓亲见亲闻者，亦可自旁观者之口言之，未必躬为剧中之人物。如谓书中种种境界、种种人物，非局中人不能道，则是《水浒传》之作者必为大盗，《三国演义》之作者必为兵家，此又大不然之说也。且此问题，实为美术之渊源之问题相关系。如谓美术上之事，非局中人不能道，则其渊源必全存于经验而后可。夫美术之源，出于先天，抑由于经验，此西洋美学上至大之问题也。叔本华之论此问题也，最为透辟。兹援其说，以结此论。其言（此论本为绘画及雕刻发，然可通之于诗歌、小说）曰：

人类之美之产于自然中者，必由下文解释之：即意志于其客观化之最高级（人类）中，由自己之力与种种之情况，而打胜下级（自然力）之抵抗，以占领其物质。且意志之发现于高等之阶级也，其形式必复杂。即以一树言之，乃无数之细胞，合而成一系统者也。其阶级愈高，其结合愈复。人类之身体，乃最复杂之系统也。各部分各有一特别之生活；其对全体也，则为隶属；其互相对也，则为同僚；互相调和，以为其全体之说明，不能增也，不能减也。能如此者，则谓之美。此自然中不得多见者也。顾美之于自然中如此，于美术中则何如？或有以美术家为模仿自然者。然彼苟无美之预想存于经验之前，则安从取自然中完全之物而模仿之，又以之与不完全者相区别哉？且自然亦安得时时生一人焉，于其各部分皆完全无缺哉？或又谓美术家必先于人之肢体中，观美丽之各部分，而由之以构成美丽之全体。此又大愚不灵之说也。即令如此，彼又何自知美丽之在此部分而非彼部分哉？故美之知识，断非自经验的得之，即非后天的而常为先天的；即不然，亦必其一部分常为先天的也。吾人于观人类之美后，始认其美；但在真正之美术家，其认识之也，极其明速之度，而其表出之也，胜乎自然之为。此由吾人之自身即意志，而于此所判断及发现者，乃意志于最高级之完全之客观化也。唯如是，吾人斯得有美之预想。而在真正之天才，于美之预想外，更伴以非常之巧力。彼于特别之物中，认全体之理念，遂解自然之嗫嚅之言语而代言之；即以自然所百计而不能产出之美，现之于绘画及雕刻中，而若语自然曰："此即汝之所欲言而不得者也。"苟有判断之能力者，必将应之曰："是。"唯如是，故希腊之天才，能发现人类之美之形式，而永为万世雕刻家之模范。唯如是，故吾人对自然于特别之境遇中所偶然成功者，而得认其美。此美之预想，乃自先天中所知者，即理想的也；比其现于美术也，则为实际的。何则？此与后天中所与之自然物相合故也。如此，美术家先天中有美之预想，而批评家于后天中认识之，此由美术家及批评家，乃自然之自身之一部，而意志于此客观化者也。哀姆攀独克尔曰："同者唯同者知之。"故唯自然能知自然，唯自然能言自然，则美术家有自然之美之预想，固自不足怪也。

芝诺芬述苏格拉底之言曰："希腊人之发现人类之美之理想也，由于经验。即集合种种美丽之部分，而于此发现一膝，于彼发现一臂。"此大谬之说也。不幸而此说又蔓延于诗歌中。即以狭斯丕尔言之，谓其戏曲中所描写之种种之人物，乃其一生之经验中所观察者，而极其全力以模写之者也。然诗人由人性之预想而作戏曲小说，与美术家之由美之预想而作绘画及雕刻无以异。唯两者于其创造之途中，必须有经验以为之补助。夫然，故其先天中所已知者，得唤起而入于明晰之意识，而后表出之事，乃可得而能也。（叔氏《意志及观念之世界》第一册第二百八十五至八十九页）

　　由此观之，则谓《红楼梦》中所有种种之人物、种种之境遇，必本于作者之经验，则雕刻与绘画家之写人之美也，必此取一膝、彼取一臂而后可。其是与非，不待知者而决矣。读者苟玩前数章之说，而知《红楼梦》之精神，与其美学、伦理学上之价值，则此种议论，自可不生。苟知美术之大有造于人生，而《红楼梦》自足为我国美术上之唯一大著述，则其作者之姓名与其著书之年月，固当为唯一考证之题目。而我国人之所聚讼者，乃不在此而在彼；此足以见吾国人之对此书之兴味之所在，自在彼而不在此也。故为破其惑如此。

蔡元培 《石头记》索隐

第六版自序　对于胡适之先生《〈红楼梦〉考证》之商榷

余之为此索隐也，实为《郎潜二笔》（又名《郎潜纪闻》）中徐柳泉之说所引起。柳泉谓宝钗影高澹人，妙玉影姜西溟。余观《石头记》中，写宝钗之阴柔、妙玉之孤高，与高、姜二人之品性相合。而澹人之贿金豆，以金锁影之；其假为落马坠积潦中，以薛蟠之似泥母猪影之。西溟之热衷科第，以走魔入火影之；其瘐死狱中，以被劫影之。又以妙字玉字影姜字英字，以雪字影高字。知其所寄托之人物，可用三法推求：一、品性相类者；二、轶事有征者；三、姓名相关者。于是以湘云之豪放而推为其年，以惜春之冷僻而推为荪友，第一法也。以宝玉曾逢魔魇而推为允，以凤姐哭向金陵而推为余国柱，用第二法也。以探春之名，与探花有关，而推为健庵；宝琴之名，与孔子学琴于师襄之故事有关，而推为辟疆；用第三法也。然每举一人，率兼用三法或两法，有可推证，始质言之。其他若元春之疑为徐元文，宝蟾之疑为翁宝林，则以近于孤证，姑不列入。自以为审慎之至，与随意附会者不同。近读胡适之先生之《〈红楼梦〉考证》，列拙著于"附会的红学"之中，谓之"走错了道路"，谓之"大笨伯""笨谜"，谓之"很牵强的附会"，我殊不敢承认。或者我亦不免有敝帚千金之俗见。然胡先生之言，实有不能强我以承认者。今贡其疑于下：

（一）胡先生谓："向来研究这部书的人，都走错了道路……不去搜求那些可以考定《红楼梦》的著者、时代、版本等等的材料，却去收罗许多不相干的零碎史事来附会《红楼梦》里的情节。"又谓："我们只须根据可靠的版本与可靠的材料，考定这书的著者究竟是谁，著者的事迹家世，著书的时代，这书曾有何种不同的本子，这些本子的来历如何。这些问题乃是《红楼梦》考证的正当范围。"案考定著者、时代、版本之材料，固当搜求。从前王静庵先生作《〈红楼梦〉评论》，曾云："作者之姓名（遍考各书，未见曹雪芹何名）与作书之年月，其为读此书者所当知，似更比主人公之姓名为尤要。顾无一人为之考证者，此则大不可解者也。"又云："苟知美术之大有造于人生，而《红楼梦》自足为我国美术上之唯一大著述，则其作者之姓名，与其著书之年月，固当为唯一考证之题目。"今胡先生对于前八十回著作者曹雪芹之家世及生平，与后四十回著作者高兰墅之略历，业于短时期间，搜集许多材料，诚有功于《石头记》，而可以稍释王静庵先生之遗憾矣。唯吾人与文学书最密切之接触，本不在作者之生平，而在其著作。著作之内容，即胡先生所谓"情节"者，决非无考证之价值。例如我国古代文学中之《楚辞》，其作者为屈原、宋玉、景差等。其时代，在楚怀王、襄王时，即西历纪元前三世纪顷，久为昔人所考定。然而"善鸟香草，以配忠贞；恶禽臭物，以比谗佞；灵修美人，以媲于君；宓妃佚女，以譬贤臣；虬龙鸾凤，以托君子；飘风云霓，以为小人"，如王逸所举者，固无非内容也。其在外国文学，如Shakespeare之著作，或谓出Bacon手笔，遂生"作者究竟是谁"之问题。至如Goethe之著Faust，则其所根据之神话与剧本，及其六十年间著作之经过，均为文学史所详载。而其内容，则第一部之Gretchen或谓影Els ssirin Friederike（Bielschowsky之说），或谓影Frankfurter Gretchen（Kuno Fischer之说）。第二部之Walpurgisnacht一节，为地质学理论。Heleua一节，为文化交通问题。Euphorion为英国诗人Byron之影子（各家略同）。皆情节上之考证也。俄之托尔斯泰，其生平，其著作之次第，皆无甚疑问。近日张邦铭、郑阳和两先生所译英人Sarolea之《托尔斯泰传》有云："凡其著作，无不含自传之性质。各书之主人翁，如伊尔屯尼夫、鄂仑玲、聂乞鲁多夫、赖文、毕索可夫等，皆其一己之化身。各书中所叙他人之事，莫不与其身有直接之关系……《家庭乐》叙其少年时情场中之一事，并表其情爱与婚姻之意见。书中主人翁既求婚后，乃将少年狂放时之恶行，缕书不讳，授所爱以自忏。此事，托尔斯泰于《家庭乐》出版三年后，向索利亚柏斯求婚时，实尝亲自为之。即《战争与和平》一书，亦可作托尔斯泰之家乘观。其中老乐斯脱夫，即托尔斯泰之祖。小乐斯脱夫，即其父。索利亚，即其养母达善娜，尝两次拒其父之婚者。拿特沙药斯脱夫，即其姨达善娜柏斯。毕索可夫与赖文，皆托尔斯泰用以自状。赖文之兄死，即托尔斯泰兄的米特利之死。《复活》书中聂乞鲁多夫之奇特行动，论者谓依心理未必能有者,其实即的米特利生平留于其弟心中之一纪念。的米特利娶一娼,与聂乞鲁多夫同也。"亦情节上之考证也。然则考证情节,岂能概目为附会而排斥之?

(二)胡先生谓拙著《索隐》所阐证之人名,多是"笨谜";又谓"假使一部《红楼梦》,真是一串这么样的笨谜,那就真不值得猜了"。案拙著阐证本事,本兼用三法,具如前述。所谓姓名关系者,仅三法中之一耳。即使不确,亦未能抹杀全书。况胡先生所谥为笨谜者,正是中国文人习惯,在彼辈方以为必如是而后值得猜也。《世说新书》(即《世说新语》)称曹娥碑后有"黄绢幼妇,外孙齑臼"八字,即以当"绝妙好辞"四字。古绝句:"藁砧今何在?山上复有山。何当大刀头,破镜飞上天。"以藁砧当夫,大刀头当还。《南史》记梁武帝时童谣有"鹿子开城门,城门鹿子开"等句,谓鹿子开者,反语为来子哭,后太子果薨。自胡先生观之,非皆笨谜乎?《品花宝鉴》以侯石公影袁子才,侯与袁为猴与猿之转借,公与子同为代名词,石与才则自"天下才有一石,子建独占八斗"之语来。《儿女英雄传》自言十三妹为玉字之分析,非经说破,已不易猜。又以纪献唐影年羹尧,纪与年,唐与尧,虽尚简单,而献与羹则自"犬曰羹献"之文来。自胡先生观之,非皆笨谜乎?即如《儒林外史》之庄绍光即程绵庄,马纯上即冯粹中,牛布衣即朱草衣,均为胡先生所承认。(见胡先生所著《吴敬梓传》及其附录)然则金和跋中之所指目,殆皆可信。其中如因范蠡曾号陶朱公,而以范易陶;因万字俗写作万,而以万代方;亦非笨谜乎?然而安徽第一大文豪且用之,安见汉军第一大文豪必不出此乎?

(三)胡先生谓拙著中刘姥姥所得之八两及二十两有了下落,

而第四十二回王夫人所送之一百两没有下落,谓之"这种完全任意的去取,实在没有道理"。案《石头记》凡百二十回,而余之索隐尚不过数十则,有下落者记之,未有者姑阙之,此正余之审慎也。若必欲事事证明而后可,则《石头记》自言著作者有石头、空空道人、孔梅溪、曹雪芹等,而胡先生所考证者唯有曹雪芹;《石头记》中有许多大事,而胡先生所考证者唯有南巡一事,将亦有任意去取,没有道理之诮与?

(四)胡先生以曹雪芹生平,大端考定,遂断定《石头记》是"曹雪芹的自叙传","是一部将真事隐去的自叙的书";"曹雪芹即是《红楼梦》开端时那个深自忏悔的我,即是书里甄贾(真假)两个宝玉的底本"。案书中既云真事隐去,并非仅隐去真姓名,则不得以书中所叙之事为真。又使宝玉为作者自身影子,则何必有甄、贾两个宝玉?(鄙意甄、贾二字,实因古人有正统、伪朝……习见而起。贾雨村举正、邪两赋而来之人物,有陈后主、唐明皇、宋徽宗等,故疑甄宝玉影弘光,而贾宝玉影允也。)若以赵嬷嬷有甄家接驾四次之说,而曹寅适亦接驾四次,为甄家即曹家之确证,则赵嬷嬷又说贾府只预备接驾一次,明在甄家四次以外,安得谓贾府亦即曹家乎?胡先生因贾政为员外郎,适与员外郎曹相应,遂谓贾政即影曹。然《石头记》第三十七回有贾政任学差之说,第七十一回有贾政回京复命,因是学差,故不敢先到家中云云;曹固未闻曾放学差也。且使贾府果为曹家影子,而此书又为雪芹自写其家庭之状况,则措辞当有分寸。今观第十七回焦大之谩骂,第六十六回柳湘莲道:"你们东府里,除了那两个石头狮子干净罢了。"似太不留余地。且许三礼奏参徐乾学,有曰"伊弟拜相之后，与亲家高士奇更加招摇，以致有'去了余秦桧（余国柱），来了徐严嵩。乾学似庞涓，是他大长兄'之谣。又有'五方宝物归东海，万国金珠贡澹人'之对"云云。今观《石头记》第五十五回有"刚刚倒了一个巡海夜叉，又添了三个镇山太岁"之说。第四回，有"贾不假，白玉为堂金作马。阿房宫，三百里，住不下金陵一个史。东海缺少白玉床，龙王来请金陵王。丰年好大雪，珍珠如土金如铁"之护官符。显然为当时一谣一对之影子，与曹家无涉。故鄙意《石头记》原本，必为康熙朝政治小说，为亲见高、徐、余、姜诸人者所草，后经曹雪芹增删，或亦许插入曹家故事，要未可以全书属之曹氏也。

民国十一年（1922）一月三十日　蔡元培

《石头记》索隐

　　《石头记》者，清康熙朝政治小说也。作者持民族主义甚挚。书中本事，在吊明之亡，揭清之失。而尤于汉族名士仕清者，寓痛惜之意。当时既虑触文网，又欲别开生面，特于本事以上，加以数层障幂，使读者有"横看成岭侧成峰"之状况。最表面一层，谈家政而斥风怀，尊妇德而薄文艺。其写宝钗也，几为完人；而写黛玉、妙玉，则乖痴不近人情。是学究所喜也，故有王雪香评本。进一层，则纯乎言情之作，为文士所喜。故普通评本，多着眼于此点。再进一层，则言情之中，善用曲笔。如宝玉中觉，在秦氏房中，布种种疑阵。宝钗金锁为笼络宝玉之作用，而终未道破。又于书中主要人物，设种种影子以畅写之，如晴雯、小红等均为黛玉影子，袭人为宝钗影子，是也。此等曲笔，唯太平闲人评本，能尽揭之。太平闲人评本之缺点，在误以前人读《西游记》之眼光读此书，乃以《大学》《中庸》"明明德"等为作者本意所在，遂有种种可笑之附会，如以吃饭为诚意之类。而于阐证本事一方面，遂不免未达一词矣。阐证本事，以《郎潜纪闻》所述徐柳泉之说为最合。所谓"宝钗影高澹人，妙玉影姜西溟"是也。近人《乘光舍笔记》谓"书中女人皆指汉人，男人皆指满人，以宝玉曾云男人是泥做的，女人是水做的也"，尤与鄙见相合。佐之札记，专以阐证本事，于所不知，则阙之。

书中红字多影朱字，朱者，明也，汉也。宝玉有爱红之癖，言以满人而爱汉族文化也；好吃人口上胭脂，言拾汉人唾余也。清制：满人不得为状元，防其同化于汉。《东华录》："顺治十八年（1661）六月，谕吏部：世祖遗诏云，纪纲法度，渐习汉俗，于醇朴旧制，日有更张。"又云："康熙十五年（1676）十月，议政王大臣等议准礼部奏：'朝廷定鼎以来，虽文武并用，然八旗子弟，尤以武备为急。恐专心习文，以致武备废弛，见今已将每佐领下子弟一名，准在监肄业，亦自足用。除见在生员举人进士录用外，嗣后请将旗下子弟考试生员举人进士，暂令停止。'从之。"是知当时清帝虽躬修文学，且创开博学鸿词科，实专以笼络汉人，初不愿满人渐染汉俗。其后雍、乾诸朝亦时时申诫之。故第十九回袭人劝宝玉道："再不许吃人嘴上擦的胭脂了，与那爱红的毛病儿。"又黛玉见宝玉腮上血渍，询知为淘漉胭脂膏子所溅，谓为带出幌子，"吹到舅舅耳里，使大家不干净惹气"。皆此意。宝玉在大观园中，所居曰怡红院，即爱红之义。所谓曹雪芹于悼红轩中增删本书，则吊明之义也。本书有《红楼梦曲》，以此。书中叙事托为石头所记，故名《石头记》。其实因金陵亦曰石头城而名之。余国柱（即书中之王熙凤）被参，以其在江宁置产营利，与协理宁国府、历劫返金陵等同意也。又曰《情僧录》及《风月宝鉴》者，或就表面命名，或以情字影清字；又以古人有清风明月语，以风月影明清，亦未可知也。

《石头记》叙事，自明亡始。第一回所云"这一日三月十五日，葫芦庙起火，烧了一夜，甄氏烧成瓦砾场"，即指甲申三月间明愍帝殉国、北京失守之事也。士隐注解《好了歌》，备述沧海桑田之变态。亡国之痛，昭然若揭。而士隐所随之道人，跛足麻履鹑衣，或即影愍帝自缢时之状。甄士本影政事；甄士隐随跛足道人而去，言明之政事，随愍帝之死而消灭也。

甄士隐即真事隐，贾雨村即假语存，尽人皆知。然作者深信正统之说，而斥清室为伪统。所谓贾府，即伪朝也。其人名如贾代化、贾代善，谓伪朝之所谓化、伪朝之所谓善也。贾政者，伪朝之吏部也。贾敷、贾敬，伪朝之教育也。（《书》曰：敬敷五教。）贾赦，伪朝之刑部也，故其妻氏邢（音同刑），子妇氏尤（罪尤）。贾琏为户部，户部在六部位居次，故称琏二爷，其所掌则财政也。李纨为礼部（"李""礼"同音），康熙朝礼制已仍汉旧，故李纨虽曾嫁贾珠，而已为寡妇，其所居曰稻香村，稻与道同音；其初名以杏花村，又有杏帘在望之名，影孔子之杏坛也。（《金瓶梅》以孟玉楼影当时之礼部，氏之以孟，又取"玉楼人醉杏花风"诗句为名，即《红楼梦》所本也。）

作者于汉人之服从清室而安富尊荣者，如洪承畴、范文程之类，以娇杏代表之。娇杏即侥幸。书中叙新太爷到任，即影满洲定鼎。观雨村中秋口号云："天上一轮才捧出，人间万姓仰头看。"知为代表满洲也。于有意接近而反受种种之侮辱，如钱谦益之流，则以贾瑞代表之。瑞字天祥，言其为假文天祥也（文小字宋瑞）。

头上浇粪，手中落镜，言其身败名裂而至死不悟也（徐巨源编一剧，演李太虚及龚芝麓降李自成后，闻清兵入，急逃而南。至杭州，为追兵所蹑，匿于岳坟铁铸秦桧夫人胯下。值夫人方月事，追兵过而出，两人头皆血污，与本书浇粪同意）。叙姽婳将军林四娘，似以代表起义师而死者；叙尤三姐，似以代表不屈于清而死者；叙柳湘莲，似以代表遗老之隐于二氏者。

书中女子，多指汉人；男子多指满人。不独"女子是水做的骨肉，男人是泥做的骨肉"，与汉字满字有关也。我国古代哲学，以阴阳二字说明一切对待之事物。《易·坤卦·象传》曰："地道也，妻道也，臣道也。"是以夫妻、君臣分配于阴阳也。《石头记》即用其义。第三十一回："湘云说：'比如天是阳，地就是阴；比如一棵树叶儿，那边向上朝阳的就是阳，这边背阴复下的就是阴；走兽飞禽，雄为阳，雌为阴。'翠缕道：'怎么东西都有阴阳，咱们人倒没有阴阳呢？'又道：'知道了，姑娘是阳，我就是阴。'又道：'人家说，主子为阳，奴才为阴。我连这个大道理也不懂得。'"是男为阳，主子亦为阳；女为阴，奴才亦为阴，本书明明揭出。清制：对于君主，汉（满）人自称奴才，汉人自称臣。臣与奴才，并无二义。（《说文解字》：臣字象屈服之形，是古义亦然。）以民族之对待言之，征服者为主，被征服者为奴。本书以男女影满汉，以此。

贾宝玉，言伪朝之帝系也。宝玉者，传国玺之义也，即指"胤礽"。《东华录》：康熙四十八年（1709）三月，以复立皇太子告祭天坛文曰："建立嫡子胤礽为皇太子。"又曰："朕诸子中，胤礽居贵。"是胤礽生而有为皇太子之资格，故曰衔玉而生。胤礽之被废也，其罪状本不甚证实。康熙四十七年（1708）九月，谕曰："胤礽肆恶虐众，暴戾淫乱，难出诸口。"又曰："胤礽同伊属下人等，恣行乖戾，无所不至，令朕赧于启齿。又遣使邀截外藩入贡之人，将进御马匹，任意攘取，以致蒙古俱不心服。"又曰："知胤礽赋性奢侈，着伊乳母之夫凌普为内务府总管，俾伊便于取用。"又曰："朕历览史书，时深儆戒，从不令外间妇女，出入宫掖，亦从不令姣好少年，随侍左右。今皇太子所行若此，朕实不胜愤懑。"《石头记》三十三回，叙宝玉被打，一为忠顺亲王府长史索取小旦琪官事，二为金钏儿投井，贾环谓是宝玉拉着太太的丫头金钏儿，强奸不遂，打了一顿，那金钏儿便赌气投井死了。琪官事与姣好少年等语相关。忠顺王疑影外藩。长史曾揭出琪官赠红汗巾事，疑影攘取马匹事，相传名马有出汗如血者故也。曰"暴戾淫乱，难出诸口"，曰"赧于启齿"，曰"从不令外间妇女，出入宫掖……今皇太子所行若此"，是当时罪状中颇有中之言，即金钏儿之事所影也。

胤礽之罪状又有曰："近观胤礽行事，与人大有不同。昼多沉睡，夜半方食。饮酒数十巨觥不醉。每对越神明，则惊惧不能成礼。遇阴雨雷电，则畏沮不知所措。居处失常，语言颠倒，竟类狂易之疾，似有鬼物凭之者。"又曰："今忽为鬼魅所凭，蔽其本性，忽起忽坐，言动失常。时见鬼魅，不安寝处，屡迁其居。啖饭七八碗，尚不知饱；饮酒二三十觥，亦不见醉。匪特此也，细加询间，更有种种骇异之事。"又曰："胤礽居撷芳殿，其地险黯不洁，居者辄多病亡。胤礽时常往来其间，致中鬼魅，不自知觉。以此观之，种种举动，皆有鬼物使然，大是异事。"十一月谕曰：

"前灼见胤礽行事颠倒,以为鬼物所凭。"又曰:"今胤礽之疾,渐已清爽。召见两次,询问前事,胤礽竟有全然不知者,深自愧悔。"又言:"'我幸心内略明,犹惧父皇闻知治罪。未至用刀刺人;如或不然,必有杀人之事矣。'观彼虽稍清楚,其语仍略带疯狂。朕竭力调治,果蒙天佑,狂疾顿除。"又曰:"十月十七日,查出魇魅废皇太子之物。服侍废皇太子之人奏称:是日,废皇太子忽似疯颠,备作异状,几至自尽。诸宫侍抱持环守。过此片刻,遂复明白。废皇太子亦自惊异,问诸宫侍:'我顷者作何举动?'朕从前将其诸恶,皆信为实。以今观之,实被魇魅而然,无疑也。"四十八年(1709)二月谕曰:"皇太子胤礽,前染疯疾,朕为国家而拘禁之。后详查被人镇魇之处,将镇魇物俱令掘出,其事乃明。今调理痊愈,始行释放。今譬有人,因染疯狂,持刀砍人,安可不行拘执?若已痊愈,又安可不行释放?"四月谕曰:"大阿哥镇魇皇太子及诸阿哥之事,甚属明白。"又曰:"见今镇魇之事,发觉者如此;或和尚道士等,更有镇魇之处,亦未可定。日后发觉,始知之耳。"显亲王衍潢等遵旨议会:喇嘛巴汉格隆等咒魇皇太子情实,应将巴汉格隆、明佳噶卜楚、马星噶卜楚、鄂克卓特巴俱凌迟处死。皇长子护卫啬楞雅突,明知大逆之事,乃敢同行;又雅突将皇长子复行咒魇。再此案内又有察苏齐引诱宗室格隆陶州胡土克图行咒魇之事。

案《石头记》第三十三回:"贾政斥宝玉道:'好端端的,你垂头丧气,嗐些什么?方才雨村来要见你,叫你半天才出来。既出来了,全无一点慷慨挥洒谈吐,仍是葳葳蕤蕤,我看你脸上一团思欲愁闷气色,这会又咳声叹气。'"九十五回:"失玉以后,宝玉一日呆似一日，也不发烧，也不疼痛，只是吃不像吃，睡不像睡，甚至说话都无头绪。"与胤礽罪状中之居处失常、语言颠倒、言动失常、不安寝处等语相应。第二十五回："宝玉烫了脸，有宝玉寄名的干娘马道婆向贾母道：'那经典佛法上说的利害，大凡王公卿相人家的子弟，只一生长下来，暗里便有许多促狭鬼跟着他。'"与胤礽罪状中鬼物凭之、时见鬼魅等语相应。又叙宝玉被魇，有云："拿刀弄仗，寻死觅活。"叙王熙凤被魇，有云："手持一把明晃晃钢刀，砍进园来，见鸡杀鸡，见狗杀狗，见人就要杀人。周瑞媳妇忙带着几个有力量的胆壮的婆娘，上去抱住，夺下刀来，抬回房去。"与胤礽所谓未至用刀杀人，及服侍之人称是日废皇太子忽患疯颠，几至自尽，诸宫侍抱持环守相应。

八十一回："宝玉道：'我记得病的时候儿，好好的站着，倒像背地里有人把我拦头一棍，疼得眼睛前头漆黑，看见满屋子里，都是些青面獠牙、拿刀举棒的恶鬼。躺在炕上，觉得在脑袋上加了几个脑箍似的。以后便疼得任什么不知道了。'凤姐道：'我也全记不得。但觉自己身子不由自主，倒像有些鬼怪拉拉扯扯，要我杀人才好。有什么拿什么。自记原觉很乏，只是不能住手。'"亦与胤礽案所谓备作异状、全然不知、持刀斫人等语相应。又说："马道婆破案，为潘三保事，送到锦衣府去，问出许多官员大户人家太太姑娘们的隐情事来。把他家内一抄，抄出几篇小账，上面记着某家验过，应找银若干。"与胤礽以外，复有皇长子及宗室等案，及所谓和尚道士等更有魇魅等事，亦未可定等语相应。行魇魅者巴汉格隆等，皆喇嘛，故以马道婆代表之。马与嘛同音也。八十一回又称"马道婆身边搜出匣子，里面有象牙刻的一男一女不穿衣服、光着身子的两个魔王",亦与相传喇嘛教中之欢喜佛相等。马道婆之代表喇嘛也无疑。《东华录》:"康熙四十七年(1708)九月谕云:胤礽幼时,朕亲教以读书,继令大学士张英教之,又令熊赐履教以性理诸书,又令老成翰林官随从。"云云《石头记》常言"贾政逼宝玉读书"。第八回:"秦钟因去岁业师回南,在家温习旧课。其父秦邦业知贾家塾中司塾的乃贾代儒(伪朝之儒也),现今之老儒。"第九回:"贾政对李贵道:'你去请学里太爷的安,就道我说的,什么诗经古文,一概不用虚应故事,只是先把四书一齐讲明背熟,是最要紧的。'"第八十一回:"贾政道:'前儿倒有人和我提起一位先生来,学问人品都是极好的。也是南边人。'又道:'如今儒大太爷虽学问也只中平,但还弹压得住这些小孩子们。'"八十二回称:"贾代儒为老学究。"又:"宝玉讲后生可畏一章,讲到'不要弄到',说到这里,向代儒一瞧,代儒说:'讲书是没有什么避忌的。'宝玉才说:'不要弄到老大无成。'"均与性理诸书、老成翰林等相应。又熊赐履湖北人,张英安徽人。所谓南边人,殆指张、熊等。

胤礽以康熙十四年(1675)十二月被立为皇太子,四十七年九月被废;四十八年三月复立,五十一年十一月复废。自第一次被废以至复立,为时不久,而又悉归咎于魇魅。故《石头记》中仅以三十三回之笞责及二十五回之魇魔形容之。二十五回中,言"宝玉虽被迷污,经和尚摩弄一回,依旧灵了",即虽废旋复之义。至九十四回之失玉,乃叙其终废也。至和尚还玉事等,殆无关本事。

胤礽之被废,由于兄弟之倾轧。《东华录》所载主动者为胤禔、胤祀二人。《石头记》九十四回,于失玉以前,先叙海棠既萎而复开:"贾母道:'花儿应在三月里开的,如今是十一月。'"三月及十一月,与复立、复废之月相应。又黛玉说花开之因道:"当初田家有荆树一棵,三个弟兄,因分了家,那荆树便枯了。后来感动了他弟兄们,仍旧归在一处,那棵树也就发了。"既说弟兄,又说三个,与胤礽、胤禔、胤祀三人相应。

《石头记》叙巧姐事,似亦指胤。巧与字形相似也。九十二回评女传巧姐慕贤良,即熊赐履等教胤礽以性理诸书也。一百十八回,记微嫌舅兄欺弱女,贾环、贾芸欲卖巧姐于藩王,即指胤礽为胤禔、胤祀所卖事。宝玉被打,由贾环诉说金钏儿事;宝玉被魇,由贾环之母赵姨娘主使;巧姐被卖,亦由贾环主谋。与胤禔之陷胤礽相应。其事又有亲舅舅王仁与闻之。《红楼梦曲》中亦云:"休似俺那爱银钱忘骨肉的狠舅奸兄。"与胤礽案中有所谓舅舅佟国维者相应。《东华录》:"康熙四十八年(1709)正月,上曰:'胤祀乃胤禔之党,胤禔曾奏言请立胤祀为太子,伊当辅之。'又曰:'此事必舅舅佟国维、大学士马齐以当举胤祀默示于众。'二月,谕舅舅佟国维曰'尔曾奏,皇上凡事断无错误之处,此事关系重大,日后易于措处则已;倘日后难于措处,似属未便'等语。又曰:'因有舅舅所奏之言,及群下小人就中肆行捏造言词,所以大臣侍卫官员等,俱终日忧虑,若无生路者。中心宽畅者,惟大阿哥、八阿哥耳。'又曰:'舅舅前启奏时,外间匪类,不知其故,因盛赞尔云:如此方谓之国舅大臣,不惧死亡,敢行陈奏。今尔之情形毕露,人将谓尔为何如人耶?'"《石头记》一百十八回:"王仁拍手道:'这倒是一种好事,又有银子。只怕你们不能;若是你们敢办,我是亲舅舅,做得主的。'"第一百十九回:"事败后，吓得王仁等抱头鼠窜的出来。"与《东华录》之佟国维相应。康熙四十八年四月谕曰："胤禩之党羽，俱系贼心恶棍，平日斗鸡走狗，学习拳勇，不顾罪戾，惟务诱取银钱。"故《石头记》亦有爱银钱的奸兄语。

林黛玉影朱竹垞也。绛珠影其氏也；居潇湘馆影其竹垞之号也。竹垞生于秀水，故绛珠草长于灵河岸上。"竹垞客游南北，必橐载十三经、二十一史以自随。已而游京师，孙退谷过其寓，见插架书，谓人曰：'吾见客长安者，务攀援驰逐；车尘蓬勃间，不废著述者，惟秀水朱十一人而已。'"（见陈廷敬所作墓志）《石头记》第十六回："黛玉又带了许多书籍来。"四十回："刘姥姥到潇湘馆，因见窗下案上设着笔砚，又见书架上磊着满满书。刘姥姥道：'这必定是那一位哥儿的书房了。'贾母笑指黛玉道：'这是我这外孙女儿的屋子。'刘姥姥留神打量了林黛玉一番，方笑道：'这那里像个小姐的绣房，竟比那上等的书房还好。'"以此。竹垞尝与陈其年合刻所著曰《朱陈村词》，流传入禁中。故黛玉与史湘云凹晶馆联句。竹垞入直南书房，旋被劾，镌一级罢，寻复原官。其被劾之故，全谢山谓因携仆钞《永乐大典》。竹垞所作《咏古》二首云："汉皇将将屈群雄，心许淮阴国士风。不分后来输绛灌，名高一十八元功。""海内词章有定称，南来庾信北徐陵。谁知著作修文殿，物论翻归祖孝征。"诗意似为人所卖。《石头记》中凤姐掉包事，疑即指此。七十回，宝钗、探春、湘云、宝琴均替宝玉临字，而于黛玉一方面，但云紫鹃送一卷小楷。疑影携仆写书事。

薛宝钗，高江村也（徐柳泉已言之）。薛者雪也。林和靖咏梅有曰："雪满山中高士卧，月明林下美人来。"用薛字以影江村之姓名也（高士奇）。

《啸亭杂录》曰："高江村家贫，鬻字为活。纳兰太傅爱其才，荐入内廷。仁庙亦爱之，遇巡狩出猎，皆命江村从。故江村诗曰：'身随翡翠丛中列，队入鹅黄带里行。'盖纪实也。江村性巧，遇事先意承旨，皆惬圣怀。一日，上出猎，马蹶，意殊不怿。江村闻之，故以潴泥污其衣，入侍，上怪问之，江村曰：'适落马坠积潴中，未及浣也。'上大笑曰：'汝辈南人，懦弱乃尔！适朕马屡蹶，竟未坠。'意乃释然。又尝从登金山，上欲题额，濡毫久之。江村拟'江天一览'四字于掌中，趋前磨墨，微露其迹。上如所拟书之。其迎合类如此。"

《檐曝杂记》曰："江村初入都，自肩被，进彰仪门。后为明相国家司阍者课子。一日，相国急欲作书数函，仓卒无人，司阍以江村对。即呼入，援笔立就。相国大喜，遂属掌书记。后入翰林，直南书房，皆明公力也。江村才本绝人，既居势要，家日富，则结近侍，探上起居，报一事酬以金豆一颗。每入直，金豆满荷囊；日暮，率倾囊而出。以是宫廷事，皆得闻。或觇知上方阅某书，即抽某书翻阅，偶天语垂问，辄能对大意，以是圣祖益爱赏之。"郑方坤《本朝诗抄小传》曰："江村年十九，之京师，以诸生就京闱试，不利，落魄羁穷，卖文自给。新岁，为人书春帖子，往往自作联句，用写其幽忧牢落之怀。偶为圣祖所见，大加击节，立召见。"案《石头记》，写薛宝钗处处周到，得人欢心，自薛姨妈、贾母、王夫人、湘云、岫烟，以至袭人辈，无不赞叹；并黛玉亦受其笼络。即所谓性巧善迎合之影子也。宝钗以金锁配宝玉，谓之金玉良缘；其嫂曰夏金桂；其婢曰黄金莺；莺儿为宝玉结络，以金线配黑珠儿线，皆以金豆探起居之影子也。宝钗最博雅，二十二回，点《鲁智深醉闹五台山》，为宝玉诵《寄生草》曲词，宝玉赞他无书不知。第三十回："宝玉道：'姐姐通今博古，色色都知道。'"七十六回："湘云用''字。黛玉说：'亏你想得出。'湘云道：'幸而昨日看《历朝文选》，见了这个字。我不知何树，因要查一查。宝姐姐说不用查，这就是如今俗叫作朝开夜合的。我信不及，到底查了一查，果然不错。看来宝姐姐知道的竟多。'"即其翻书备对之影子也。第一回，称穷儒贾雨村"一身一口，在家乡无益，因进京求取功名……自前年来此，又淹蹇住了，暂寄庙中安身，每日卖文作字为生"，即江村被进都、鬻字为活之影子也。"贾雨村高吟一联，曰：'玉在椟中求善价，钗于奁内待时飞。'恰值士隐走来听见，笑道：'雨村兄真抱负不凡也。'"即联句被赏之影子也。四十七回："薛蟠遭湘莲苦打，遍身内外滚的似泥母猪一般。"又说："那里爬的上马去。"即江村自称落马堕积潴中之影子也。

　　江村所作《塞北小抄》曰："二十二年，六月十二日，扈跸出东直门云云。偶患暑气，上命以冰水饮益元散二碗，方解。甲申，上曰：'尔南人，为何亦饮冰水？'士奇曰：'天气炎热，非冰莫解。'上曰：'朕闻南人殊不畏暑。'士奇曰：'南人从来畏暑，故有吴牛见月而喘之语。'上大笑。"案《石头记》第七回："宝钗对周瑞家的说：'我这是从胎里带来的一股热毒。'又说：'癞头和尚所说的方，叫作冷香丸。'"第三十回："宝玉道：'姐姐怎么不看戏去？'宝钗道：'我怕热。看了两出，热的很。要走，客又散；我少不得推身上不好，就来了。'宝玉笑道：'怪不得他们拿姐姐比杨贵妃，原也体胖怯热。'"与《塞北小抄》语相应。（庄子："早受命而夕饮冰，我其内热与！"所谓胎里带来热毒，亦兼热中之讽。）

《汉名臣传》云："康熙廿七年（1688），法司逮问贪黩劾罢之巡抚张。因未被劾时，曾遣人赍报赴京。诘其行贿何人？初以分馈甚众，不能悉数抵塞；既而指出士奇。奉谕置勿问。士奇疏请归田，得旨，以原官解任。廿八年，从上南巡。至杭州，驾幸士奇之西溪山庄，赐御书竹窗扁额。九月，左都御史郭疏劾之，曰：'有植党营私，招摇撞骗，如原任少詹事高士奇、左都御史王鸿绪等，表里为奸。'又曰：'高士奇出身微贱，其始也徒步来京，觅馆为生。皇上因其字学颇工，不拘资格，擢补翰林，令人南书房供奉。'又曰：'士奇日思结纳，谄附大臣，揽事招权，以图分肥。凡大小臣工无不知有士奇之名。'又曰：'久之羽翼既多，遂自立门户，结王鸿绪为死党，科臣何楷为义兄弟，翰林陈元龙为叔侄，鸿绪胞兄王顼龄为子女姻亲。俱寄以腹心，在外招揽。凡督抚藩臬道府厅县，以及在内之大小卿员，皆王鸿绪、何楷等为之居停哄骗。而贪缘照管者，馈至成千累万。即不属党护者，亦有常例，名曰平安钱。'盖士奇供奉日久，势焰日张，人皆谓之门路真，而士奇遂亦自忘乎其为撞骗，亦居之不疑，曰：'我之门路真。'又曰：'光棍俞子易，在京肆横有年，惟恐事发，潜通直隶天津山东洛口地方。有虎坊桥瓦屋六十余间，价值八千金，馈送士奇，求托照拂。此外顺成门斜街并各处房屋，总令心腹出名置买，何楷代为收租，打磨场。士奇之亲家陈元龙伙计陈季芳，开张缎号，寄顿贿银，资本约至四十余万。又于本乡平湖县，置田产千顷，大兴土木，修整花园；杭州西湖，广置园宅。苏、松、淮、扬，王鸿绪与之合伙生理，又不下百余万。'又曰：'圣驾南巡时，上谕严诫馈送，定以军法治罪，谁敢不遵。惟士奇与王鸿绪，憨不畏死，即淮、扬等处，王鸿绪招揽府厅各官，约馈黄金，潜遗士奇。淮、扬如此，则他处又不知如何索诈矣。'云云。得旨：'高士奇、王鸿绪、陈元龙俱着休致回籍，王顼龄、何楷着留任。'"《东华录》："康熙二十八年（1689），吏部议：左副都御史许三礼奏参，原任刑部尚书徐乾学与高士奇招摇纳贿。查徐乾学与高士奇招摇纳贿之处，并无实据。许三礼又奏参乾学，有云'乾学伊弟拜相之后，与亲家高士奇，更加招摇，以致有五方宝物归东海，万国金珠贡澹人之对'，云云。"案《石头记》第四回："门子递与雨村一张护官符，上面皆是本地大族名宦之家的谚俗口碑，云：贾不假，白玉为堂金作马。阿房宫，三百里，住不下金陵一个史。东海缺少白玉床，龙王来请金陵王。丰年好大雪，珍珠如土金如铁。"即许三礼疏中五方、万国之对之影子也。门子又道："这四家皆连络有亲，一损俱损，一荣俱荣，扶持遮饰，皆有照应的。今告打死人之薛，就是丰年大雪之雪也。不单靠三家，他的世交亲友在京都、在外省，本亦不少。"此即郭疏中死党义兄弟叔侄子女姻亲及许疏中亲家等种种关系之影子也。第四回称："薛公子亦金陵人氏……家中有百万之富，现领着内帑钱粮采办杂料……虽是皇商，一应经纪世事，全然不知，不过赖祖父旧日情分，户部挂个虚名，支领钱粮。其余事体，自有伙计老人家等措办。"又云："自薛蟠父亲死后，各省中所有的买卖承局总管伙计人等，便趁时拐骗起来。京都几处生意，渐亦消耗。"又云："薛蟠要亲自入都，销算旧账，再计新支……因此早已检点下行装细软，以及馈送亲友各色土物人情等类。"第十三回："秦可卿死后，薛蟠表弟因见贾珍寻好板，便说我们本店里有一副板，叫作什么樯木。"第四十八回："各铺面伙计，内有算年账要回家的，内有一个张德辉，自幼在薛蟠当铺内揽总……说起'今年纸札香扇短少，明年必是贵的。明年，先打发大小儿上来当铺照管照管，赴端阳前，我顺路就贩些纸札香扇来卖'。薛蟠心下忖度，不如也打点本钱，和张德辉逛一年来。"第六十六回："薛蟠说：'我同伙计贩了货物，自春天起身，往回里走，一路平安。谁知到了平安州地方，遇见一伙强盗，已将东西劫去。不想柳二弟从那边来，方把贼人赶散，夺回货物，还救了我们的性命。'"第六十七回："管总的张太爷，差人送了两箱子东西来。薛蟠说：'特特的给妈妈合妹子带来的东西。'一箱都是绸缎绫锦洋货等家常应用之物，一箱却是些笔墨纸砚各色笺纸香袋香珠扇子扇坠花粉胭脂等物。外有虎丘带来的自行人、酒令儿，水银灌的打筋斗小小子，沙子灯，一出一出的泥人儿的戏，用青纱罩的匣子装着。又有在虎丘山上泥捏的薛蟠小像。薛姨妈将箱子里的东西取出，一分一分的送给贾母并王夫人。宝钗将那些玩意儿一件一件的过了目，除了自己留用之外，一分一分的配合妥当，使莺儿同着一个老婆子跟着送往各处。宝玉到黛玉处，见堆着许多东西，就知道是宝钗送来的，便取笑说道：'那里这些东西，不是妹妹要开杂货铺啊！'"第五十七回："邢岫烟把绵衣服当了。宝钗问：'当在那里？'岫烟道：'叫作什么恒舒了，是鼓楼西大街。'宝钗笑道：'闹在一家去了。伙计们倘或知道了，好说人没过来，衣裳先到了。'岫烟听说，便知是他家的本钱。"第四十五回："黛玉对宝钗道：'你如何比得我，你这里有土地买卖，家里又仍旧有房有地。'"均与郭疏中所谓房屋田产园宅缎号资本及馈送等事相应。薛蟠在平安州遇盗，与平安钱相应。

探春影徐健庵也。健庵名乾学，乾卦作☰，故曰三姑娘。健庵以进士第三人及第，通称探花，故名探春。健庵之弟元文入阁，而健庵则否，故谓之庶出。然许三礼劾健庵，一则曰"胆恃胞弟徐元文钦点入阁"，再则曰"伊弟拜相之后，与亲家高士奇更加招摇，以致有'去了余秦桧（指余国柱），来了徐严嵩。乾学似庞涓，是他大长兄'之谣。又有'五方宝物归东海（徐氏），万国金珠贡澹人'之对"。是健庵虽不入阁，而其时亦有炙手可热之势。故《石头记》第五十五回："凤姐儿道：'好个三姑娘，我说不错，只可惜他命薄，没托生在太太肚里。'平儿笑道：'他便不是太太养的，难道谁敢小看他，不与别的一样看待么？'"又："凤姐病中，王夫人命探春会同李纨协理，又请了宝钗来。他三人一理，更觉比凤姐当权时倒更谨慎了些。因而里外下人都暗中抱怨，说刚刚倒了一个巡海夜叉，又添了三个镇山太岁。"此即影射"去了余秦桧、来了徐严嵩"一谣也。

韩慕庐所作《徐健庵行状》，有云："吴中文社故盛，公为之领袖。"又云："壬子主试顺天，以独赏为公鉴，往往怜收既落之才；即遗卷中有一佳言迥句，咨嗟吟讽，以失之为恨。"又云："公故负海内望，而勤于造进，笃于人物。一时庶几之流，奔走辐辏如不及。山林遗逸之老，不远千里，乐从公。后生之才进者，延誉荐引，无虚日。"案《石头记》有"秋爽斋偶结海棠社"，指此。又二十七回："探春属宝玉道：'这几个月我又攒下有十来串钱了，你还拿了去，明儿出门逛去的时候，或是好字画，好轻巧玩意儿，替我带些来。'又道：'怎么像你上回买的那柳枝儿编的小篮子，真竹子根挖的香盒儿，胶泥垛的风炉儿，这就好了。'"即以表其延揽文士之故事也。

《行状》又云："尝请崇节俭，辨等威，因申衣服之禁，使上下有章。"案《石头记》第二十七回："探春嘱宝玉带轻巧顽意儿，拣那朴而不俗、直而不拙的。又道：'我还像上回的鞋，做一双你穿，比那双还加功夫，如何呢？'宝玉道：'那回穿着，可巧遇见老爷，说何苦来虚耗人力，作践绫罗。'……赵姨娘抱怨的了不得，正经兄弟，鞋蹋拉袜蹋拉的……探春道：'什么！我是做鞋的人么？环儿难道没有分例的？衣裳是衣裳，鞋袜是鞋袜。'"盖影射此事。

《园集》有赐览皇太子书法奏称："皇太子历年亲写所读书本及临摹楷法，共大小八篚有奇。"案《石头记》七十回："探春每日临一篇楷字与宝玉。"影此。

健庵迭被弹劾，于康熙二十九年（1690）回里。许以书局自随，僦居洞庭东山。《石头记》一百回至一百二回，历叙探春远嫁。第五回："画着两人放风筝，一片大海，一只大船，船中有一女子掩面泣涕之状。诗曰：'清明涕送江边望，千里东风一梦遥。'"皆指此。（《行状》曰："再疏乞骸骨，上允所请。时已仲冬，命且过冬行。二十九年春，抵家。"诗中清明字指此。）

王熙凤，影余国柱也。王即柱字偏旁之省，国字俗写作国，故熙凤之夫曰琏，言二王字相连也（楷书王玉同式）。国柱为户部尚书，故贾琏行二。且贾氏财政，由熙凤管理。国柱曾为江宁巡抚，故熙凤协理宁国府。《汉名臣传》云："康熙二十八年（1689）三月，给事中何金蔺疏言：'凡解职解任官仍居原任地方，例有明禁。余国柱曾为江宁巡抚，陟大学士，不思竭忠图报，黩货无厌，秽迹彰闻。荷恩放归里。乃被黜后，挟辎重往江宁省城，购买第宅，广营生计，呼朋引类，垄断攫金，借势招摇，显违禁例。乞饬部严议。'事下两江总督傅拉搭察讯，以留恋原任地方，购买第宅，并设立钱店典铺覆奏。刑部拟杖折赎，诏免罪，赶回籍。寻卒于家。"《石头记》第五回，有金陵十二正副册，正册中有一片冰山，上有一只雌凤。其判语有云："哭向金陵事更哀。"五十四回："女先儿说书说残唐之时，有一位乡绅，本是金陵人氏，名唤王忠（忘忠），曾做两朝宰辅，如今告老回家，膝下只有一位公子，名唤王熙凤。"第一百一回："散花寺神签，正面写着王熙凤衣锦荣归。大丫头道：'奶奶最是通今博古的，难道汉朝的王熙凤求官的一段事，也不晓得？'签文云：'去国离乡二十年，于今衣锦返家园。蜂采百花成蜜后，为谁辛苦为谁甜？'大丫头道：'奶奶自幼在这里长大，何曾回南京去了？如今老爷放了外任，或者接家眷来，顺便还家，奶奶可不是衣锦还乡了？'宝钗道：'据我看，这衣锦还乡四字里头，还有缘故。'"第一百十四回，王熙凤历劫返金陵："王夫人打发人来说：琏二奶奶没有住嘴，说些胡话，要船要轿的，说到金陵归入册子去。"皆指被黜后仍居江宁也。第一百五回，锦衣军查抄宁国府："赵堂官说：'贾赦、贾政并未分家；闻得他侄儿贾琏，现在承总管家，不能不尽行查抄。'"又云："有一起人回说：'东跨房查出两箱房地契文，一箱借票，都是违例取利的。'王爷道：'番役呈禀有禁用之物，并重利欠票。'两家王子问贾政道：'所抄家资内，有借券，实系盘剥，究是谁行的？'贾琏忙走上跪下禀道：'这一箱文书，既在奴才屋内抄出来，敢说不知道么？'"第一百六回："贾政问贾琏道：'那重利盘剥，究竟是谁干的？况且非咱们这样人家所为。'"又凤姐对平儿说："虽说事是外头闹得，我若不贪财，如今也没有我的事。"皆与何疏相应也。

国柱曾于康熙二十七年（1688）为御史郭所劾，称其"在内阁票拟，承顺大学士明珠指麾，轻重任意，与尚书佛伦等结党把持。督抚藩臬缺出，展转援引，总揽贿赂。保送学道及科道内升出差，率皆居功要索"云云。《石头记》中，叙凤姐逢迎贾母、王夫人，无微不至；而营私弋利等事，亦层见叠出。例如三十六回："且说王凤姐自见金钏儿死后，忽见几家仆人，常来孝敬他些东西，又不时来请安奉承，自己倒生了疑惑，不知何意。这日又见人来孝敬他东西，因晚间无人时，笑问平儿。平儿冷笑道：'我猜他们女儿都必是太太房里的丫头。如今太太房里有四个大的，一个月一两银子的分例；剩下的都是一个月只几百钱。如今金钏儿死了，必定他们要弄这一两银子的巧宗儿呢！'凤姐听了笑道：'……也罢了，他们几家的钱，也不能容易化到我跟前。这是他们自寻的，送什么来，我就收什么。横竖我有主意。'凤姐儿安下这个心，所以只管耽延着。等那些人把东西送足了，然后乘空方回王夫人。"云云。十六回："贾琏的乳母赵嬷嬷，替两个儿子求事情道：'……倒是来和奶奶说，是正经，靠着我们爷，只怕我还饿死了呢。'"又："凤姐忙向贾蔷道：'我有两个在行妥当人，你就带他们去办。这倒便宜了你呢。'贾蔷忙陪笑道：'正要和婶娘讨两个人呢，这可巧了。'……贾蓉悄悄的向凤姐道：'婶娘要什么东西，分付了，开个账儿，给我兄弟带去，按账置办了来。'"二十四回："贾芸见了贾琏，因打听可有什么事情。贾琏告诉他道：'前儿倒有一件事情出来，偏生你婶娘再三求了我，给了贾芹了。他许我说，明儿园里还有几处要栽花木的地方，等这个工程出来，一定该你就是了。'"又："贾芸送香料后，凤姐道：'……怪道你叔叔常提起你来。……'贾芸问道：'原来叔叔也常提我的？'凤姐见问，便要告诉给他事情管的话；一想，又恐怕被他看轻了，只说得了这点香料儿，便混许他管事了，因又止住，且把派他种花木工程等事，都一字不提。至次日，凤姐上车，见贾芸来，便命人唤住，隔窗子笑道：'芸儿，你竟有胆子，在我跟前弄鬼。怪道你送东西给我，原来你有事求我！昨日你叔叔才告诉我，说你求他。'贾芸笑道：'求叔叔的事，婶娘休提，我这里正后悔呢！早知这样，我一起头，就求婶娘，这会子也就完了。谁承望叔叔竟不能的。……'凤姐冷笑道：'你们要拣远路儿走，叫我也难。早告诉我一声，什么不成了，多大点事儿，耽误到这会子。那园子里还要种树种花，我只想不出个人来。早说不早完了。'贾芸笑道：'这样，明日婶娘就派我罢。'凤姐半晌道：'这个我看着不大好，等明年正月里的烟火灯烛，那个大宗儿下来，再派你罢。'贾芸道：'好婶娘，先把这个派了我罢。果然这件办的好，再派我那件。'凤姐笑道：'你倒会拉长线儿。罢了，若不是你叔叔说，我不管你的事。……你到午初时候，来领银子，后来就进去种花。'"又十五回："凤姐到水月庵中，老尼说张金儿退婚事道：'……我想如今长安节度使云老爷，与府上相契，要求太太与老爷说声，发一封书，求云老爷和那守备说一声，不怕他不依。若是肯行，张家连倾家孝顺，也都情愿。'凤姐笑道：'这事倒不大，只是太太再不管这样的事。'老尼道：'太太不管，奶奶可以主张了。'凤姐笑道：'我也不等银子使，也不做这样的事。'……凤姐道：'……凭说这么事，我说要行就行。你叫他送二三千两银子来，我就替他出这口气。……我比不得他们扯篷拉纤的图银子，这三千两银子，不过是给打发去说的小厮们作盘缠，使他赚几个辛苦钱，我一个钱也不要。便是三万两，我此刻还拿得出来。'……凤姐便将昨日老尼之事悄悄的说与来旺儿。旺儿心中早已明白，急忙进城，招着主文的相公，假托贾琏所属，修书一封，连夜往长安县来。不过百里之遥，两日功夫，俱已妥协。那节度使名唤云光，久欠贾府之情，这些小事岂有不允之理？给了回书。"皆与郭所劾相应也。

国柱在江宁巡抚任，曾疏请增设机房四十二间，制造宽大缎匹。得旨："宽大缎匹，非常用之物，何为劳民糜费。"斥所奏不行。案《石头记》第三回，黛玉初到时："熙凤道：'刚才带了人到后楼上找缎子找了半日，也没见昨日太太说的那样，想是太太记错了。'王夫人道：'有没有，什么要紧。'因又说道：'该随手拿出两个来，给你妹妹裁衣裳的；等晚上想着，再叫人去拿罢。'熙凤道：'倒是我先料着了，知道妹妹这两日到的，我已预备下了。等太太回去过了目，好送来。'"七十二回："凤姐道：'昨儿晚上梦见一个人找我，说娘娘打发他来，要一百匹锦。'"均影此。

国柱于康熙十八年（1679）礼科掌印给事中任内，劾浙江水师提督常进功："年老耳聋，非大声高呼，不闻一语，恐秘密军机，因之泄露，所关匪细。"疏下部察议，罢进功任。案《石头记》第五十四回："凤姐儿笑道：'再说一个过正月节的，几个人拿着房子大的炮仗往城外去放，引了上万的人跟着瞧去。有一个性急的人，等不得，便偷着拿香点着，只听见扑嗤的一声，众人哄然一笑，都散了。这抬炮仗的人抱怨卖炮仗的干得不结实，没等放就散了。'湘云道：'难道本人没听见？'凤姐儿道：'本人原是个聋子。'……凤姐儿笑道：'咱们也该聋子放炮仗，散了罢。'"又第二十七回："凤姐又笑道：'林之孝两口子都是锥子扎不出一声儿来的。我成日家说他们倒是配就了的一对夫妻：一个天聋，一个地哑。'"即影此。

国柱于顺治九年（1652）成进士，然其文辞不多见。其同时诸人著作中，唯陈其年骈文有大冶余国柱一序。案《石头记》中，王熙凤不甚识字。如四十五回："探春等要请凤姐做监社御史，凤姐笑道：'我又不会做什么湿的干的。'……探春道：'你虽不会做，也不要你做。'"五十回："凤姐儿道：'既这样说，我也说一句在上头。……'李纨将题目讲与他听。凤姐儿想了半日，笑道：'你们别笑话我，我只有一句粗话。'"七十四回："凤姐因理家常久，每每看帖看账，也颇识得几个字了。"四十二回："宝钗笑道：'幸而凤丫头不认得字，不大通，一概是市俗取笑。'"大约因国柱非文学家，故以不识字形容之。

史湘云，陈其年也。其年又号迦陵。史湘云佩金麒麟，当是其字陵字之借音。氏以史者，其年尝以翰林院检讨纂修《明史》也。名以湘云，又号枕霞旧友，当皆以其狎紫云故。蒋永修所作《陈检讨迦陵先生传》曰:"尝嬖歌童云郎,云亡,睹物辄悲,若不自胜者。"又蒋景祁所作《迦陵先生外传》曰:"先生寓水绘园,欲得紫云侍砚;冒母马太夫人靳之,必得梅花百咏乃可。雪窗一夕走笔,遂成之。"可以见其年与紫云之关系矣。

徐健庵所作《陈检讨维崧墓志铭》:"京师自公卿下,无不借其年名,倾慕愿交者。然其年所居在城北市廛,庳陋,才容膝。蒲帘土锉,摊书其中而观之。菽啖饭,沉思经籍。有余无问从所来,时时匮乏,困卧而已。……君修髯,美丰仪,风流倜傥。……君门阀清素,为人恂恂谦抑,襟怀坦率,不知人世有险事。"又徐健庵作《湖海楼集序》曰:"其年检讨,阳羡贵公子,与余相识,在戌亥之间。尝下榻园,流连观剧。每际稠人广坐,伸纸援笔,意气扬扬,旁若无人。"案《石头记》,常写史湘云之爽直。如第五回,《红楼梦曲》(乐中悲)云:"幸生来英豪阔大宽宏量,从未将儿女私情,略萦心上。"二十回:"只见史湘云大说大笑。"三十一回:"迎春笑道:'我就嫌他爱说话,也没见睡在那里,还是咭咭呱呱的笑一阵、说一阵,也不知那里来的那些诓话。'"三十二回:"袭人道:'云姑娘,你如今大了,越发心直口快了。'"四十九回:"史湘云极爱说话的,那里禁得香菱又请教他谈诗,越发高兴了,没昼没夜的高谈阔论起来。"六十二回:"史湘云笑着道:'这个(拇战)简断爽利,合了我的脾气。我不行这个射复,没得垂头丧气闷人,我只猜拳去了。'"百八回:"宝玉心里想道:我只说史妹妹出了阁,是换了一个人了。……如今听他的话,原是和先一样的。"皆与其年相应。

墓志铭曰:"京师自公卿下,凡人事往来,贺赠宴饯颂述之作，必得其文以为荣。其年辄提笔缀辞，益与酬酢不休。"又曰："君所作歌，随处散落人间。"传曰："辛卯壬辰间，吴门、云间、常润大兴文会，四郡名士毕集，觞酌未引，髯索笔赋诗，数十韵立就。或时作记序，用六朝俳体，顷刻千言，巨丽无比。诸名士惊叹以为神。"案《石头记》，极写湘云诗思之敏捷。如第三十七回："湘云初到，李纨罚他和诗。湘云一心兴头，不待推敲删改，一面只管和他人说着话，心内早已和成。"五十回："芦雪亭联句，湘云那里肯让人，且别人也不如他敏捷。"皆是。

墓志铭曰："遇花间席上，尤喜填词。兴酣以往，常自吹箫而和之。人或指以为狂。其词至多，累至千余阕，古所未有也。"传曰："所作词尤凌厉光怪，变化若神，富至千八百首。"《石头记》七十回，史湘云偶填柳絮词："湘云说过，咱们这几社，总没有填词，明日何不起社填词？"与其年好为词相应。

别传曰："先生尝自中州入都，同秀水朱竹垞合刻一稿，名《朱陈村词》。"《石头记》六十七回："凹晶馆，湘云、黛玉联句。"殆影此。

传曰："髯贫，无子。先是游商邱，买妾，妾父母闻其世家，游装都雅，意其富，许之。举一子，名狮儿。岁三周，载与俱归。妾父母暨妾始知髯贫，且老诸生耳。未几，狮儿竟夭，髯寻遣妾去。去二年，髯拔起荐辟，官检讨云。然髯自得官后，贫益甚。储孺人卒于家，生死不相见，益悼痛不自聊赖。壬戌，患头痛，遂不起。"墓志铭曰："授翰林院检讨后四年，年五十八而病作，积四十余日卒。"《石头记》（乐中悲）曲："襁褓中父母叹双亡，纵居绮罗丛，谁知娇养！"三十二回："宝钗道：'为什么这几次他（湘云）来了，他和我说话儿，见没人在眼前，他就说家里累的很。我再问他几句家常的话，他就连眼圈儿都红了。口里含含糊糊，待说不说的。想其情景，自然从小没了爹娘的苦。我看他也不觉伤起心来。'"三十六回："史湘云穿得整整齐齐走来，辞说家里打发人来接他。……那史湘云只是眼泪汪汪的，见有他家人在跟前，又不敢十分委屈。……还是宝钗心内明白，他家人若回去告诉了他婶娘，待他家去，又恐怕受气。"所以写其未仕以前之厄运也。《红楼梦曲》又云："……好一似霁月光风耀玉堂，厮得个才貌仙郎，博得个地久天长。准折幼年时坎坷形状，终久是云散高唐，水涸湘江。"百九回："史姑娘哭得了不得，说是姑爷得了暴病，大夫都瞧了，说这病只怕不能好，若变了痨病，还可挨过四五年。"百十回："史湘云想到自己命苦，刚配了一个才貌双全的男人，性情又好，偏偏得了冤孽证候，不过挨日子罢了。"百十八回："王夫人道：'就是史姑娘，是他叔叔的主意。头里原好，如今姑爷痨病死了，你史妹妹立志守寡，也就苦了。'"皆所以写其既仕以后之厄运也。其年出于明之世家而入清，故以父母早亡而喻之。

别传曰："相传先生为善卷山中诵经猿再世，故其性情萧淡，不耐拘检。疾革时，吟'山鸟山花是故人'句而逝。"《石头记》四十九回："一时史湘云来了，穿着贾母与他的一件貂鼠脑袋面子、大毛黑灰鼠里子、里外发烧大褂子，头上戴着一顶挖云鹅黄片金里大红猩猩毡昭君套，又围着大貂鼠风领。黛玉先笑道：'你们瞧瞧，孙行者来了。'……只见他里头穿着一件半新的靠色三镶领袖，秋香色盘金五色绣龙窄褙小袖掩襟银鼠短袄，里面短短的一件水红妆段狐嵌褶子,腰里紧紧束着一条蝴蝶结子长穗五色宫绦,脚下也穿着鹿皮小靴,越显得蜂腰猿背,鹤势螂形。"五十回,暖香坞巧制春灯谜:"湘云想了一想,笑道:'我编了一支点绛唇。'……便念道:'溪壑分离,红尘游戏真何趣。名利犹虚,后事总难提。'众人都不解,想了半日,有猜是和尚的,也有猜是道士的,也有猜是偶戏人的。宝玉笑了半日道:'都不是。我猜着了,必定是耍的猴儿。'湘云笑道:'正是这个了。'众人道:'前头都好;末后一句怎样解?'湘云道:'那一个耍的猴儿不是剁了尾巴去的?'"皆影射山猿再世之传说也。众人猜为和尚、道士,而猜着者又为将做和尚之宝玉,皆影诵经猿。所谓"后事总难提",所谓"剁了尾巴",则影其殁后无子云。

墓志铭曰:"口謇讷,不善持论。"《石头记》二十回:"黛玉笑道:'偏你咬舌子爱说话,连个二哥哥也叫不上来,只是爱哥哥、爱哥哥的。回来赶围棋儿,又该你闹么爱三了。'宝玉笑道:'你学会了,明儿连你还咬起来呢。'……湘云笑道:'我只保佑着,明儿得一个咬舌儿林姊夫,时时刻刻,你可听爱呀厄的去。'"即影此。

妙玉,姜西溟也(从徐柳泉说)。姜为少女,以妙代之。《诗》曰:"美如玉,美如英。"玉字所以影英字也。(第一回名石头为赤霞宫神瑛侍者,神瑛殆即宸英之借音。)

全谢山所作《翰林院编修姜先生宸英墓表》曰:"常熟翁尚书者,先生之故人也。是时枋臣方排睢州汤文正公,而尚书为祭酒,受枋臣旨,劾睢州为伪学。枋臣因擢之副詹事,以逼睢州,以睢州故兼詹事也。先生以文头责之,一日而其文遍传京师,尚书恨甚。

枋臣有子多才，求学于先生，枋臣颇欲援先生登朝。枋臣有幸仆曰安三，势倾京师，欲先生一假借而不可得。枋臣之子乘间言于先生曰：'家君待先生厚，然而率不得大有助。某以父子之间，亦不能为力者，何也？盖有人焉，愿先生少施颜色，则事可立谐。'……先生投杯而起曰：'吾以汝为佳儿也，不料其无耻至此！'绝不与通。"又方望溪记姜西溟遗言曰："徐司寇健庵，吾故交也。能进退天下士。平生故人，并退就弟子之列，独吾与为兄弟称。其子某作楼成，饮吾以落之，曰：'家君云，名此必海内第一流，故以属先生。'吾笑曰：'是东乡，可名东楼。'"墓表又云："尝于谢表中用义山点窜尧典、舜典二语，受卷官见而问曰：'是语甚粗，其有出乎？'先生曰：'义山诗未读耶？'"案《石头记》中，极写妙玉之狷傲。第十八回："王夫人道：'这样我们何不接了他（妙玉）来？'林之孝家的回道：'若接他，他说侯门公府，必以权势压人，我再不去的。'王夫人道：'他既是宦家小姐，自然要傲些。就下个请帖何妨。'"四十一回："妙玉忙命将成窑的茶杯别收，搁在外头去罢。宝玉会意，知为刘姥姥吃了，他嫌肮脏不要了。黛玉因问：'这也是旧年的雨水？'妙玉冷笑道：'你这么个人，竟是大俗人，连水也尝不出来。……'黛玉知他天性怪僻，不好多话，亦不好多坐。……宝玉道：'那茶杯……不如就给了那贫婆子罢。……'妙玉点头说道：'这也罢了。幸而那杯子是我没吃过的；若是我吃过的，我就碰碎了也不能给他。……你只交给他快拿了去罢。'宝玉道：'自然如此，你那里和他说话去，越发连你都肮脏了。'……宝玉又道：'等我们出去了，我叫几个小幺儿来，河里打几桶水来洗地如何？'妙玉笑道：'这更好了，只是嘱咐他们抬了水,只搁在山门外头墙根下,别进门来。'"六十三回:"岫烟笑道:'我找妙玉说话。'宝玉听了诧异,说道:'他为人孤僻,不合时宜,万人不入他的目,原来他推重姐姐,竟知姐姐不是我们一流俗人。'……宝玉将拜帖取与岫烟看(拜帖写槛外人妙玉恭肃遥叩芳辰),岫烟笑道:'他这脾气,竟不能改,竟是生成这等放诞诡僻了。从来没见拜帖上写别号的。……他常说,古人中,自汉、晋、唐、宋以来,皆无好诗。只有两句好,说道:纵有千年铁门槛,终须一个土馒头。所以他自称槛外之人。又常赞文是庄子的好,故又或称为畸人,他若帖子上是自称畸人的,你就还他个世人。畸人者,他自称是畸零之人;你谦自己乃世上扰扰之人,他便喜了。如今他自称槛外之人,是自谓蹈于铁槛之外了;故你如今只下槛内人,便合了他的心了。'"八十七回:"宝玉悉把黛玉的事(抚琴)述了一遍,因说:'咱们去看他。'妙玉道:'从古只有听琴,再没有看琴的。'宝玉笑道:'我原说我是个俗人。'"九十五回:"岫烟求妙玉扶乩。妙玉冷笑几声,说道:'我与姑娘来往,为的是姑娘不是势利场中的人。今日怎么听了哪里的谣言,过来缠我。……'岫烟知他脾气是这么着的。"一百九回:"妙玉来看贾母病。岫烟出去接他,说道:'……况且咱们这里的腰门常关着,所以这些日子不得见你。'妙玉道:'……我那管你们关不关,我要来就来;我不来,你们要我来也不能啊!'岫烟笑道:'你还是那种脾气。'"又第五回,《红楼梦曲》(世难容)云:"天生成孤僻人皆罕,你道是啖肉食腥膻(西溟不食豕,见下条),视绮罗俗厌。"皆是。

西溟性虽狷傲,而热衷于科第。方望溪曰:"西溟不介而过余,以其文属讨论,曰:'吾自度尚有不止于是者,以溺于科举之学,东西奔迫,不能尽其才,今悔而无及也。'"朱竹《书姜编修手书子后》云:"予常劝罢乡试,西溟怒不答。平生不吃豕,兼恶人食豕。一日,予戏语之曰:'假有人注乡贡进士榜,蒸豕一盘曰'食之则以淡墨书子名',子其食之乎?'西溟笑曰:'非马肝也。'"《石头记》八十七回:"宝玉一面与妙玉施礼,一面又笑问道:'妙公轻易不出禅关,今日何缘下凡一走?'妙玉听了,忽然把脸一红,也不答言,低了头自看那棋。……宝玉尚未说完,只见妙玉微微的把眼一抬,看了宝玉一看,复又低下头去。那脸上的颜色渐渐的红晕起来。……重新坐下,痴痴的问着宝玉道:'你从何处来?'……妙玉坐到三更过后,听得屋上咯碌碌一片瓦响。……忽听房上两个猫儿一递一声厮叫。那妙玉忽想起日间宝玉之言,不觉一阵心跳耳热。自己连忙收摄心神,走进禅房,仍归禅床上坐了。怎奈神不守舍,一时如万马奔驰,觉得禅床便恍荡起来。……大夫道:'这是走火入魔的原故。'……外面那些游头浪子听见了,便造作许多谣言,说:'这样年纪,哪里忍得住,况且又是很风流的人品,很乖觉的性灵,以后不知飞在谁手里,便宜谁去呢!'……惜春因想妙玉虽然洁净,毕竟尘缘未断。"皆写其热衷之状态也。

西溟未遇时,欲提挈之者甚多,忌之者亦不鲜。墓表曰:"凡先生入闱,同考官无不急欲得先生者,顾得失。"又曰:"当是时,圣祖仁皇帝,润色鸿业,留心文学。先生之名,遂达宸听。一日谓侍臣曰:'闻江南有三布衣,尚未仕耶?'三布衣者,秀水朱先生竹垞,无锡严先生藕渔,及先生也。又尝呼先生之字曰:

'姜西溟古文，当今作者。'……会征博学鸿儒，昆山叶公与长洲韩公相约连名上荐。叶公适以宣召入禁中，浃月。既出，则已无及矣。新城王公叹曰：'其命也夫！'……先生累以醉后违科场格致斥。……受卷官怒，高阁其卷，不复发誊（因先生斥其未读义山诗）。遗言曰：'翁司寇宝林用此（刊布责翁文）相操尤急，此吾所以困至今也。'"李次青《姜西溟先生事略》曰："始睢州典试浙中，叹息语同事，暗中摸索，勿失姜君。竟弗得。嗣后每榜发，无不以失先生为恨者。"《曝书亭集》有为姜宸英题画诗，孙注曰："案己未鸿博试，据其乡后进云：以厄于高江村詹事不获举。"墓表又曰："康熙丁丑，年七十矣。先生入闱，复违格。受卷官见之叹曰：'此老今年不第，将绝望而归耳。'为改正之，遂成进士。"《石头记》第五回，《红楼梦曲》（世难容）云："好高人共妒，过洁世同嫌。可叹这青灯古殿人将老，辜负了红粉朱楼春色阑。……又何须王孙公子叹无缘。"百十二回："妙玉说道：'我自玄墓到京，原想传个名的。为这里请来，不能又栖他处。'"八十七回："怎奈神不守舍……身子已不在庵中，便有许多王孙公子要求娶她。又有些媒婆扯扯拽拽扶她上车。"五十回："李纨说：'可厌妙玉为人，我不理她。'"皆写其不遇之境也。

墓表曰："以己卯试事，同官不饬篆，牵连下吏，满朝臣僚，皆知先生之无罪，顾以其事泾渭各具，当自白，而不意先生遽病死。新城方为刑部，叹曰：'吾在西曹，使湛园以非罪死狱中，愧何如矣。'"方望溪曰："己卯主顺天乡试，以目昏不能视，为同官所欺，挂吏议，遂发愤死刑部狱中。……平生以列文苑传为恐，而末路乃重负污累，然观过知仁，罪由他人，人皆谅焉，而发愤以死,亦可谓猖獗而知耻者矣。"《石头记》百十二回:"有人大声的说道:'我说那三姑六婆是最要不得的。……那个什么庵里的尼姑死要到咱们这里来。……那腰门子一会儿开着,一会儿关着,不知做什么。……我今日才知道是四姑奶奶的屋子,那个姑子就在里头,今日天没亮溜出去了。可不是那姑子引进来的贼么?'……包勇道:'你们师父引了贼来偷我们,已经偷到手了,他跟了贼去受用去了。'"百十五回:"地藏的姑子问惜春道:'前儿听见说栊翠庵的妙师父,怎么跟了人去了?'惜春道:'那里的话!说这个话的人,提防的割舌头。人家遭了强盗抢去,怎么还说这样的坏话!'那姑子道:'妙师父为人怪癖,只怕是假惺惺的罢。'"五回《红楼梦曲》曰:"到头来依旧是风尘肮脏违心愿,好一似无瑕白玉遭泥陷。"皆写其受诬也。百十二回:"妙玉自己坐着,觉得一股香气透入囟门,便手足麻木不能动弹,口里也说不出话来,心中更自着急。……此时妙玉,如醉如痴,可怜一个极洁极净的女儿,被这强盗的闷香熏住,由着他摆布去了。"写其以目昏而为同官所欺也。百十二回,又云:"不知妙玉被劫,或是甘受污辱,还是不屈而死,未知下落,也难妄拟。……惜春想起昨日包勇的话来,必是那强盗看见了他,昨晚抢去了,也未可知。但是他素来孤洁得很,岂肯惜命!"百十七回:"恍惚有人说:是有个内地里的人城里犯了事,抢了一个女人下海去了。那女人不依,被这贼寇杀了。众人道:'咱们栊翠庵的妙玉,不是叫人抢去,不要就是他罢!'贾芸道:'前日听见人说他庵里的道婆做梦,说看见是妙玉叫人杀了。'"皆写其瘐死狱中也。

西溟祭纳兰容若文,有曰:"兄一见我,怪我落落,转亦以此赏我标格。……我蹶而穷，百忧萃止。是时归兄，馆我萧寺。人之，笑侮多方，兄不谓然，待我弥庄。……梵筵栖止，其室不远，纵谈晨夕，枕席书卷。余来京师，刺字漫灭，举头触讳，动足遭跌。兄辄怡然，忘其颠蹶。数兄知我，其端非一。我常箕踞，对客欠伸。兄不余傲，知我任真。我时骂，无问高爵，兄不余狂，知余疾恶。激昂论事，眼睁舌捋，兄为抵掌，助之叫号。有时对酒，雪涕悲歌，谓余失志，孤愤则那。彼何人斯？实应且憎，余色拒之，兄门固扃。"《石头记》中写妙玉品性均与之相应。而萧寺及梵筵云云，尤为栊翠庵之来历也。

惜春，严荪友也。荪友为荐举鸿博四布衣之一，故曰四姑娘。荪友又号藕渔，亦曰藕荡渔人。故惜春住藕榭，诗社中即以藕榭为号。

《池北偶谈》："公卿荐举鸿博，绳孙目疾，是日应制，仅为八韵诗。"朱竹《严君墓志》："晚岁有以诗、文、画请者，概不应。"《石头记》三十七回："惜春本性懒于诗词。"殆指此。

墓志曰："君兼善绘事。"李次青《严荪友事略》又称其尤精画凤。《石头记》，惜春之婢名入画。第四十回："贾母指着惜春笑道：'你瞧我这个小孙女儿，他就会画。等明儿叫他画一张如何？'"第四十二回："李纨笑道：'四丫头要告一年的假呢！'黛玉笑道：'都是老太太昨儿一句话，又叫他画什么园子图儿，惹得她乐得告假了。'"五十回："贾母道：'那是你四妹妹那里和暖。[和]我们到那里，瞧瞧她的画儿，赶年可能有了不能。'众人笑道：'那里能年下就有了！只怕明年端阳才有呢。'贾母道：'这还了得！他竟比盖这个园子还费功夫了。'……又问惜春：'画在那里？'惜春因笑道：'天气寒冷了，胶性皆凝涩不润。画了恐不好看，故此收起来了。'"皆借荪友绘事为点缀。其所云请假一年，明年才有，及天寒收起等，则晚岁不应之义也。

墓志曰："君归田后，杜门不出。筑堂曰雨青草堂，亭曰佚亭。布以隽石、小梅、方竹。宴坐一室以为常。暇辄扫地焚香而已。"事略曰："既入史馆分纂隐逸传。容与蕴藉，盖多自道其志行云。"《石头记》七十四回："惜春年幼，天性孤僻，任人怎说，只是咬定牙，断乎不肯留着（入画）。又说道：'不但不要入画，如今我也大了，连我也不便往你们那边去了。况且近日闻得多少议论，我若再去，连我也编派。……我一个姑娘，只好躲是非的。我反寻是非，成个什么人了！……我只能保住自己就够了。以后你们有事，好歹别累我。……状元难道没有糊涂的？……怎么我不冷？我清清白白的一个人，为什么叫你们带累坏了？……你这一去了，若果然不来，倒也省了口舌是非，大家倒还干净。'"八十七回："惜春想：我若出了家时，那有邪魔缠扰，一念不生，万缘俱寂。想到这里，蓦与神会，若有所得。便口占一偈云：'大造本无方，云何是应住？既从空中来，应向空中去。'占毕，即命丫头焚香，自己静坐了一回。"百十五回："惜春道：'如今譬如我死了似的，放我出了家，干干净净的一辈子。'"皆写其杜门不出、扫地焚香之决心也。

宝琴，冒辟疆也。辟疆名襄，孔子尝学琴于师襄，故以琴字代表之。

辟疆有姬曰董白，其没也，辟疆作《影梅庵忆语》以哀之，有曰："壬午清和晦日，姬送余至北固山。舟泊江边，时西先生毕令梁寄余夏西洋布一端，薄如蝉纱，洁比雪艳。以退红为里，为姬制轻衫，不减张丽华桂宫霓裳也。偕登金山，山中游人数千，尾余两人，指为神仙。"又曰："余家及园亭，凡有隙地，皆植梅。春来早夜出入，皆烂缦香雪中。姬于含蕊时，先相枝之横斜，与几上军持相受，或隔岁便芟翦得宜，至花放恰采入供。"《石头记》四十九回："湘云又瞧着宝琴笑道：'这一件衣裳，也只配他穿；别人穿了，实在不配。'"五十回："贾母一看四面粉妆银砌，忽见宝琴披着凫靥裘，站在山坡背后遥等。身后一个丫环抱着一瓶红梅。……喜的忙笑道：'你们瞧这雪坡上，配上他这个人物，又是这件衣裳，后头又是这梅花，像个什么？'众人都笑道：'就像老太太房里挂的仇十洲画的《艳雪图》。'贾母摇头笑道：'那画的那里有这件衣裳？人也不能这样好！……这是已许配梅家了。……把他许了梅翰林的儿子。'"四十九回："薛蟠因当年父亲已将胞妹薛宝琴许配都中梅翰林之子为媳。"皆与《影梅庵忆语》中语相应。

张公亮所作《冒姬董小宛传》："小宛，秦淮乐籍中奇女也。……徙之金阊……住半塘。……自西湖远游于黄山白岳间者将三年。……自此渡浒墅，游惠山，历毗陵、阳羡、澄江，抵北固，登金、焦。"《石头记》五十回："薛姨妈道：'他从小儿见的世面倒多，跟他父亲四山五岳都走遍了。他父亲带了家眷，这一省逛一年，明年又到那一省逛半年。所以天下十停走了有五六停了。……'宝琴走来笑道：'从小儿所走的地方的古迹不少，我如今拣了十个地方古迹，做了十首怀古诗。'"五十一回："宝琴十首怀古绝句，为赤壁、交趾、钟山、淮阴、广陵、桃叶渡、青冢、马嵬、蒲东寺、梅花观十处。"虽地名不皆符合，然彼此足相印证。

辟疆之别墅曰水绘园。《石头记》五十二回："宝琴说：'曾见真真国女子。'"盖用《闻奇录》中画中美人名真真事，以影绘字。此女子所作诗，有曰："昨日朱楼梦，今宵水国吟。"上句言其不忘明室，下句则即谓水绘园也。

古人尝以千里草影董字。后汉童谣"千里草，何青青"是也。《石头记》五十回："李绮灯谜：以萤字打一个字。宝琴猜是花草的花字。黛玉笑道：'萤可不是草化的？'"殆亦以草字影董字也。相传董小宛实非病死，而被劫入清宫。草化为萤，疑即指此。萤与荣国府之荣同音也。

刘姥姥，汤潜庵也（合肥蒯君若木为我言之）。潜庵受业于孙夏峰，凡十年。夏峰之学，本以象山、阳明为宗。《石头记》："刘姥姥之女婿曰王狗儿。狗儿之父曰王成，其祖上曾与凤姐之祖、王夫人之父认识，因贪王家势利，便连了宗。"似指此。

耿介所作《汤潜庵先生斌传》曰："皇太子将出阁，上谕吏部：自古帝王，谕教太子，必简和平谨恪之臣，专资赞导。江宁巡抚汤斌，在经筵时，素行谨慎，朕所稔知。及简任巡抚以来，洁己率属，实心任事。允宜拔擢大用，风示有位。特授礼部掌詹事府事。"《石头记》四十二回："凤姐儿道：'他（巧姐儿）还没个名字，你就给他起个名字，借借你的寿。二则你们是庄家人，不怕你恼，到底贫苦些。你贫苦人起个名字，只怕压得住他。'"又一百十三回："凤姐对巧姐儿道：'你的名字，还是他起的呢。就和干娘一样，你给他请个安。'……姥姥道：'只是不到我们那里去。'凤姐道：'你带了他去罢。'"一百十九回："平儿道：'姥姥你既是姑娘的干妈。'"疑皆指其为詹事时事。

《觚賸》："旧传明祖梦兵卒千万，罗拜殿前。……高皇曰：'汝因多人，无从稽考姓氏。但五人为伍，处处血食足矣。'因命江南家立尺五小庙祀之。俗称五圣祠。是后日渐蕃衍，甚至树头花前，鸡塒豕圈，小有萎夭，辄曰五圣为祸。吾吴上方山尤极淫侈，娶妇贷钱，夭诡百出。吴人惊信若狂，箫鼓画船，报赛者相属于道。巫觋牲牢，阗委杂陈。计一日之费，不下数百金。岁无虚日也。睢州汤公巡抚江南，深痛恶俗。康熙乙丑，奏于朝。而奉有谕旨，并檄各省。如江南土木之俑，或畀炎火，或投浊流，五圣祠遂斩无孑遗。"《国朝先正事略》："苏州府城上方山，有祠曰五通，祷赛甚盛。凡少年妇女，感寒热，觋巫辄谓五通将娶为妇。往往羸瘵死，常数十家。前有大吏，拟撤其祠，遇祟死，民益神之。公收像，投水火，尽毁所属淫祠，请旨勒石永禁。"《石头记》三十九回："刘姥姥道：'去年冬天，接连下了几天雪，地下压了三四尺深。……只听外头柴草响，我想必定有人偷柴草来了。'……贾母道：'必定是过路的客人们冷了，见现成的柴，抽些烤火去，也是有的。'刘姥姥道：'……原来是一个十七八岁极标致的一个小姑娘……'外面人喊嗓起来。……丫环回说：'南院马棚子里走了火了。不相干，已救下了。'……只见东南上火光犹亮。……又忙命人去火神跟前烧香。……贾母足足看火光熄了。……都是才说抽柴草，惹出火来了。林黛玉忙笑道：'咱们雪下吟诗，依我说，还不如弄一捆柴火雪下抽柴。'……刘姥姥编了告诉他道：'那原是我们庄北沿地埂子上，有一个小祠堂里供的，不是神佛，当先有个什么老爷。'说着又想名姓。宝玉道：'不拘什么名姓，你不必想了（《觚賸》所谓无从稽考姓氏）。只说原故就是了。'刘姥姥道：'这老爷没有儿子，只有一位小姐，名叫若玉小姐（五字与玉字相似，故曰若玉）……生到十七岁，一病死了。（《国朝先正事略》所谓少年妇女……五通将娶为妇，往往羸瘵死）……因为老爷太太思念不尽，便盖了这祠堂，塑了这若玉小姐的像，派了人烧香拨火。如今日久年深的，人也没了，庙也破了，那像也就成了精。……他时常变了人出来各村庄店道上闲逛。我才说抽柴火的就是他了。我们村庄上的人，还商议着，要打了这个像，平了庙呢。'……宝玉道：'我明日做个疏头，替你化些布施，你就做香头，攒了钱，把这庙修盖，再装塑了泥像，每月给你香火钱烧香，岂不好？'（汪世所作《汤潜庵先生墓表》：其后五路神徙于他所，乎有复兴之势）……焙茗笑道：'找到东北上田埂子上，才有一个破庙。……那庙门却倒也朝南开，也是稀破的。……一看泥胎，吓的我又跑出来。活似真的一般。……那里是什么女孩儿，竟是一位青脸红发的瘟神爷。'"皆影汤公毁五通祠事也。

徐乾学所作《工部尚书汤公神道碑》："居官不以丝毫扰于民，夏从贸肆中易苎帐自蔽。春野荠生，日采取啖之，脱粟羹豆，与幕客对饭。下至臧获，皆怡然无怨色。常州知府祖进朝，制衣靴，欲奉公；久之不敢言，竟自服之。"冯景所作《汤中丞杂记》："黄进士春江言：公莅任时，某亲见其夫人暨诸公子衣皆布，行李萧然，类贫士。而其日给为菜韭。公一日阅簿，见某日两只鸡。公愕问曰：'吾至吴未曾食鸡，谁市鸡者乎？'仆叩头曰：

'公子。'公怒，立召公子跽庭下而责之曰：'汝谓苏州鸡贱如河南耶？汝思啖鸡，便归去。恶有士不嚼菜根而能作百事者哉！'并笞其仆而遣之。公生日，荐绅知公绝馈遗，惟制屏为寿。公辞焉。启曰：'汪琬撰文在上。'公命录以入而返其屏。……去之日，敝篾数肩，不增一物于旧；惟《廿一史》则吴中物。公指为祖道诸公曰：'吴中价廉，故市之，然颇累马力。'"《觚剩续编》："睢州汤潜庵先生，以江南巡抚内迁大司空。其殁于京邸也，同官唁之；身卧板床，上衣敝蓝丝袄，下着褐色布。检其所遗，惟竹笥内俸银八两。昆山徐大司寇赠以二十金，乃能成殡。"《石头记》第六回，记刘姥姥之外孙名板儿，外孙女名青儿。一进荣国府，携板儿去。板儿当影吴中所市之《廿一史》，青儿则影其日给菜韭也。又刘姥姥见凤姐时，贾蓉适来借屏。"贾蓉笑道：'我父亲打发我来求婶子说，上回老舅太太给婶子的那架玻璃炕屏，明儿请一个要紧的客，借去略摆一摆，就送来的。'……凤姐笑道：'也没见我们王家的东西都是好的。……碰坏一点，你可仔细你的皮。'"是影不受寿屏事。曰借，曰略摆一摆就送来，言不受也。王家的东西都是好的，王、汪同音，汪琬撰文在上也。不许碰坏一点，但录其文，而于屏一无所损也。又凤姐给他二十两银子。而第三十九回："刘姥姥道：'这样螃蟹……再搭上酒菜，一共倒有二十多两银子。阿弥陀佛，这一顿的钱，够我们庄家人过一年的了。'"疑皆影徐健庵赠二十金也。第三十九回："刘姥姥又来了。有两三个丫头在地下，倒口袋里的枣子、倭瓜并些野菜。姥姥道：'姑娘们天天山珍海味的也吃腻了，吃个野菜儿，也算我们的穷心。'贾母又笑道：'我才听见凤哥儿说，你带好些瓜菜来，我叫他快收拾去了。我正想个地里现结的瓜儿菜儿吃，外头买的不像你们田地里的好吃。'刘姥姥笑道：'这是野意儿，不过吃个新鲜。依我们倒想鱼肉吃，只是吃不起。'"第四十二回："平儿道：'到年下，你只把你们晒的那个灰条菜干子和豇豆、扁豆、茄子、葫芦条子，各样干菜带些来，我们这里上上下下都爱吃这个。'"皆影啖野荠、给菜韭，及谓士当嚼菜根等也。平儿道："这一包是八两银子。"影死后所遗唯俸银八两也。三十九回："鸳鸯去挑了两件随常的衣服给刘姥姥换上。"四十二回："鸳鸯道：'前儿我叫你洗澡换的衣裳，是我的。你不弃嫌，我还有几件，也送你罢。'刘姥姥又忙道谢。鸳鸯果然又拿出几件来。"又："鸳鸯指炕上一个包袱说道：'这是老太太的几件衣裳，都是往年间生日、节下，众人孝敬的。老太太从不穿人家做的。收着也可惜，却是一次也没穿过的。昨日叫我拿出两套儿送你带去，或送人，或自己家里穿罢。'"又："平儿又悄悄笑道：'这两件袄儿和两条裙子，还有四块包头，一包绒线，这是我送姥姥的。那衣裳虽是旧的，我也没大很穿。你要弃嫌，我就不敢说了。'姥姥忙笑说道：'姑娘说那里话，这样好东西我还弃嫌？我便有银子没处买这样的去呢！只是我怪臊的，收了又不好，不收又辜负了姑娘的心。'"皆影祖进朝欲奉衣靴久不敢言而自服之也。四十回："贾母道：'那个纱叫软烟罗，先时原不过是糊窗屉，后来我们拿这个做被做帐子，试试也竟好。'……刘姥姥口里不住的念佛，说道：'我们想做衣裳也不能，拿着糊窗子，岂不可惜。'……贾母道：'若有时都拿出来，送这刘亲家两匹。有雨过天青的，我做一个帐子挂下。'"四十二回："平儿说道：'这是昨日你要的青纱一匹，奶奶另外送你一个实地月白纱做里子。这是两个茧绸，做袄儿裙子都好。这包袱里是两匹绸子，年下做件衣裳穿。'"又四十一回："刘姥姥忽见有一副最精致的床帐。"皆影其苎帐自蔽，全家衣布，及死时服敝蓝丝袄、褐色布裤事也。第四十回："劝姥姥道：'这里的鸡儿也俊，下的这蛋，也小巧怪俊的。'"四十一回："凤姐道：'你把才下来茄子，把皮刨了，只要净肉，切成碎丁子，用鸡油炸了，再用鸡肉脯子，合香菌、新笋、麻菇、五香豆腐干子、各色干果子，都切成丁儿，拿鸡汤煮干，将香油一收，外加糟油一拌，盛在磁罐子里，封严，要吃时拿出来，用炒的鸡爪子一拌，就是了。'刘姥姥听了摇头吐舌说：'我的佛祖！倒得十来只鸡来配他，怪道这个味儿。'"影其责子啖鸡事也。

《履园丛话》："汤文正公莅任江苏，闻吴江令即墨郭公琇有墨吏声，公面责之。郭曰：'向来上官要钱，卑职无措，只得取之于民。今大人如能一清如水，卑职何敢贪耶？'公曰：'姑试汝。'郭回任，呼役汲水洗其堂，由是大改前辙。"《石头记》四十一回："贾母带了刘姥姥至栊翠庵来。……宝玉又道：'等我们出去了，我叫几个小幺儿来，河里打几桶水来洗地如何？'"影郭洗堂事也。

其他迎春等人，尚未考出，姑阙之。又有插叙之事，颇与康熙朝时事相应者数条，附录于后。

四十八回，贾雨村拿石呆子事，即戴名世之狱也。戴居南山冈，即以"南山"名其集。诗曰："节彼南山，维石岩岩。"又戴之贾祸，尤在其致门生余石民一书，故以石呆子代表之。所谓"老爷不知在那里看见几把旧扇子，回家来，看家里所有收着的这些好扇子都不中用了。……偏他家就有二十把旧扇子，死也不肯拿出大门来。……他只是不卖，只说'要扇子，先要我的命'。……谁知那雨村没天理的，听见了，便设了法子讹他拖欠官银，拿了他到衙门里去，说所欠公银，变卖家产赔补，把这扇子抄了来，做了官价，送了来。那石呆子如今不知是死是活。……为这点子小事，弄的人家败产"。扇者，史也。看了旧扇子，家里这些扇子不中用，有实录之明史，则清史不足观也。二十把旧扇子，二十史也。石呆子死不肯卖，言如戴名世等，宁死而不肯以中国古史俾清人假借也。拿石呆子，抄扇子，弄的人家败产，石呆子不知是死是活，谓烧毁《南山集》版，斩戴名世。其案内干连之人并其妻子，或先发黑龙江，或入旗也。

  第二十三回，回目以《西厢记》《牡丹亭》对举。四十回，黛玉应酒令，并引二书。五十一回，宝琴编怀古诗，末二首，亦本此二书。所以代表当时违碍之书也。《西厢》终于一梦，以代表明季之记载；《牡丹亭》述丽娘还魂，以代表主张光复明室诸书。宝玉初读《西厢》，正值落红成阵，引起黛玉葬花，即接叙黛玉听曲，恰为"原来是姹紫嫣红开遍，似这般都付与断井颓垣"及"良辰美景奈何天，赏心乐事谁家院"，其后又想起《西厢记》中"花落水流红"等句。落红也，葬花也，付红紫于断井颓垣，皆吊亡明也。奈何天，谁家院，犹言今日域中谁家天下也。黛玉应酒令，引《牡丹亭》，仍为"良辰美景奈何天"；引《西厢》，则曰"纱窗也没有红娘报"，言不得明室消息也。第四十二回："宝钗道：'我们家也算是个读书人家，祖父手里也极爱藏书。先时人口多，姊妹兄弟也在一处。……诸如这西厢、琵琶以及元人百种，无所不有。他们背着我们偷看，我们背着他们偷看。后来大人知道了，打的打，骂的骂，烧的烧，丢开了。'"言此等违碍之书，本皆秘密传阅；经官吏发见，则毁其书而罚其人也。宝琴所编《蒲东寺怀古》曰："小红骨贱一身轻，私掖偷携强撮成，虽被夫人时吊起，已经勾引彼同行。"似以形容明室遗臣强颜事清之状。其《梅花观怀古》末句："一别西风又一年。"亦有黍离之感。"黛玉道：'两首虽于史鉴上无考，咱们虽不曾看这些外传，不知底里，难道咱们连两本戏也没见过不成？三岁的孩子也知道，何况咱们！'李纨道：'凡说书唱戏，甚至于求的签上都有。老少男女俗语口头，人人皆知皆说的。'"言此等忌讳之事，虽不见史鉴，亦不许人读其外传，而人人耳熟能详也。

第七回，焦大醉后谩骂，众小厮"把他捆起来，用土和马粪满满的填了他一嘴"。第百十一回："大家见一个稍长大汉，手执木棍……正是甄家荐来的包勇。……包勇用力一棍打去，将贼打下屋来。"似影射方望溪事。《啸亭杂录》："方灵皋性刚戆，遇事辄争。尝与履恭王同判礼部事，王有所过当，公拂袖而争。王曰：'秃老可敢若尔！'公曰：'王言如马勃味。'往谒查相国，其仆恃势不时禀。公大怒，以杖叩其头，血涔涔下。仆狂奔告相公。迎见后，复至查邸，其仆望之即走，曰：'舞杖老翁又来矣。'"望溪名苞，故曰包勇。

第十八回："黛玉因见宝玉构思太苦，走至案旁，知宝玉只少杏帘在望一首，……自己吟成一律，写在纸条上，搓成个团子，掷向宝玉跟前。宝玉遂忙恭楷誊完呈上。贾妃看毕，指杏帘一首为四首之冠。"似影射张文端助王渔洋事。《啸亭杂录》："王文简诗名重当时,浮沉粉署。张文端公直南书房,代为延誉。仁庙亦尝闻其名,召入面试。渔洋诗思本迟,加以部曹小臣,乍睹天颜,战栗不能成一字。文端代作诗草,撮为丸,置案侧,渔洋得以完卷。上阅之,笑曰:'人言王某诗多丰神,何整洁殊似卿笔。'……渔洋感激终身,曰:'是日微张某,余几曳白矣。'"宝玉之出家,似影清世祖为僧事。世祖为僧,由于悼董妃;宝玉之出家,亦发端于悼黛玉也。

  元妃省亲,似影清圣祖之南巡。盖南巡之役,本为省觐世祖而起也。第十六回:"赵嬷嬷道:'我听见上上下下,噪嚷了这些日子,什么省亲不省亲,我也不理论他去。如今又说省亲,到底是怎么个缘故?'贾琏道:'如今当今体贴万人之心,世上至大莫如孝子。……当今自为日夜侍奉太上皇、皇太后尚不能略尽孝意……于是太上皇、皇太后大喜,深赞当今至孝纯仁。'……凤姐笑道:'当年太祖皇帝仿舜巡的故事,比一部书还热闹。我偏没造化赶上。'赵嬷嬷道:'阿呀呀,那可是千载难逢的!那时候我才记事儿。咱们贾府……只预备接驾一次,把银子化的淌海水似的。说起来……'凤姐忙接道:'我们王府里也预备过一次。……'赵嬷嬷道:'如今还有现在江南的甄家,阿呀呀,好世派!他家独接驾四次。……也不过拿着皇帝家的银子,往皇帝身上使罢了。谁家有那些钱买这个虚热闹去!'"赵嬷嬷说省亲是怎么个缘故,可见省亲是拟议之词。康熙朝无所谓太上皇,而以太上皇与皇太后并称,是其时世祖未死之证。宫妃省亲,与皇帝南巡,事绝不同。而凤姐及赵嬷嬷乃缕述太祖皇帝南巡故事,且缕述某家接驾一次,某家接驾四次,是明指康熙朝之南巡。不过因本书既以贾妃省亲事代表之,不得不假记南巡为已往之事云尔。

右所证明，虽不及百之一二，然《石头记》之为政治小说，决非牵强附会，已可概见。触类旁通，以意逆志，一切怡红快绿之文，春恨秋悲之迹，皆作二百年前之因话录、旧闻记读可也。

民国四年（1915）十一月　著者识

胡适 《红楼梦》考证

《红楼梦》考证

一

《红楼梦》的考证是不容易做的,一来因为材料太少,二来因为向来研究这部书的人都走错了道路。他们怎样走错了道路呢?他们不去搜求那些可以考定《红楼梦》的著者,时代,版本,等等的材料,却去收罗许多不相干的零碎史事来附会《红楼梦》里的情节。他们并不曾做《红楼梦》的考证,其实只做了许多《红楼梦》的附会!这种附会的"红学"又可分作几派。

第一派说《红楼梦》"全为清世祖与董鄂妃而作,兼及当时的诸名王奇女"。他们说董鄂妃即是秦淮名妓董小宛,本是当时名士冒辟疆的妾,后来被清兵夺去,送到北京,得了清世祖的宠爱,封为贵妃。后来董妃夭死,清世祖哀痛的很,遂跑到五台山做和尚去了。依这一派的话,冒辟疆与他的朋友们说的董小宛之死,都是假的；清史上说的清世祖在位十八年（1661）而死，也是假的。这一派说《红楼梦》里的贾宝玉即是清世祖，林黛玉即是董妃。"世祖临宇十八年，宝玉便十九岁出家；世祖自肇祖以来为第七代，宝玉便言'一子成佛，七祖升天'，又恰中第七名举人；世祖谥'章'，宝玉便谥'文妙'，文章两字可暗射。""小宛名白，故黛玉名黛，粉白黛绿之意也。小宛是苏州人，黛玉也是苏州人；小宛在如皋，黛玉亦在扬州。小宛来自盐官，黛玉来自巡盐御史之署。小宛入宫，年已二十有七；黛玉入京，年只十三余，恰得小宛之半。……小宛游金山时，人以为江妃踏波而上，故黛玉号'潇湘妃子'，实从'江妃'二字得来。"（以上引的话均见王梦阮先生的《〈红楼梦〉索隐》的提要。）

　　这一派的代表是王梦阮先生的《〈红楼梦〉索隐》。这一派的根本错误已被孟莼荪先生的《董小宛考》（附在蔡子民先生的《〈石头记〉索隐》之后，页一三一以下）用精密的方法一一证明了。孟先生在这篇《董小宛考》里证明董小宛生于明天启四年（1624）甲子，故清世祖生时，小宛已十五岁了；顺治元年，世祖方七岁，小宛已二十一岁了；顺治八年正月二日，小宛死，年二十八岁，而清世祖那时还是一个十四岁的小孩子。小宛比清世祖年长一倍，断无入宫邀宠之理。孟先生引据了许多书，按年分别，证据非常完备，方法也很细密。那种无稽的附会，如何当得起孟先生的摧破呢？例如《〈红楼梦〉索隐》说：

　　渔洋山人《题冒辟疆妾圆玉、女罗画》三首之二末句云"洛川淼淼神人隔，空费陈王八斗才"，亦为小琬而作。圆玉者，琬也；玉旁加以宛转之义，故曰圆玉。女罗，罗敷女也，均有深意。神人

之隔,又与死别不同矣。(《提要》页一二)

孟先生在《董小宛考》里引了清初的许多诗人的诗来证明冒辟疆的妾并不止小宛一人;女罗姓蔡,名含,很能画苍松墨凤;圆玉当是金晓珠,名玥,昆山人,能画人物。晓珠最爱画洛神(汪舟次有《晓珠手临洛神图卷跋》,吴薗次有《乞晓珠画洛神启》),故渔洋山人诗有"洛川淼淼神人隔"的话。我们若懂得孟先生与王梦阮先生两人用的方法的区别,便知道考证与附会的绝对不相同了。

《〈红楼梦〉索隐》一书,有了《董小宛考》的辨正,我本可以不再批评他了。但这书中还有许多绝无道理的附会,孟先生都不及指摘出来。如他说:"曹雪芹为世家子,其成书当在乾嘉时代。书中明言南巡四次,是指高宗时事,在嘉庆时所作可知。……意者此书但经雪芹修改,当初创造另自有人。……揣其成书亦当在康熙中叶。……至乾隆朝,事多忌讳,档案类多修改。《红楼》一书,内廷索阅,将为禁本,雪芹先生势不得已,乃为一再修订,俾愈隐而愈不失其真。"(《提要》页五至六)但他在第十六回凤姐提起南巡接驾一段话的下面,又注道:"此作者自言也。圣祖二次南巡,即驻跸雪芹之父曹寅盐署中,雪芹以童年召对,故有此笔。"下面赵嬷嬷说甄家接驾四次一段的下面,又注道:"圣祖南巡四次,此言接驾四次,特明为乾隆时事。"我们看这三段《索隐》,可以看出许多错误。(1)第十六回明说二三十年前"太祖皇帝"南巡时的几次接驾;赵嬷嬷年长,故"亲眼看见"。我们如何能指定前者为康熙时的南巡而后者为乾隆时的南巡呢?(2)康熙帝二次南巡在二十八年(1689),到四十二年曹寅才做两淮巡盐御史。《索隐》说康熙帝二次南巡驻跸曹寅盐院署,是错的。(3)《索隐》说康熙帝二次南巡时,"雪芹以童年召对",又说雪芹成书在嘉庆时。嘉庆元年(1796)上距康熙二十八年,已隔百零七年了。曹雪芹成书时,他可不是一百二三十岁了吗?(4)《索隐》说《红楼梦》成书在乾嘉时代,又说是在嘉庆时所作,这一说最谬。《红楼梦》在乾隆时已风行,有当时版本可证(详考见后文)。况且袁枚在《随园诗话》里曾提起曹雪芹的《红楼梦》;袁枚死于嘉庆二年(1797),诗话之作更早的多,如何能提到嘉庆时所作的《红楼梦》呢?

第二派说《红楼梦》是清康熙朝的政治小说。这一派可用蔡子民先生的《〈石头记〉索隐》作代表。蔡先生说:

《石头记》……作者持民族主义甚挚。书中本事在吊明之亡,揭清之失,而尤于汉族名士仕清者寓痛惜之意。当时既虑触文网,又欲别开生面,特于本事之上,加以数层障幕,使读者有"横看成岭侧成峰"之状况……(《〈石头记〉索隐》页一)书中"红"字多隐"朱"字。朱者,明也,汉也。宝玉有"爱红"之癖,言以满人而爱汉族文化也;好吃人口上胭脂,言拾汉人唾余也。……当时清帝虽躬修文学,且创开博学鸿词科,实专以笼络汉人,初不愿满人渐染汉俗,其后雍、乾诸朝亦时时申诫之。故第十九回袭人劝宝玉道:"再不许吃人嘴上擦的胭脂了,与那爱红的毛病儿。"又黛玉见宝玉腮上血渍,询知为淘澄胭脂膏子所溅,谓为"带出幌子,吹到舅舅耳里,又大家不干净惹气",皆此意。宝玉在大观园中所居曰怡红院,即爱红之义。所谓曹雪芹于悼红轩中增删本书,则吊明之义也……(页三至四)

书中女子多指汉人,男子多指满人。不但"女子是水作的骨肉，男人是泥作的骨肉"与"汉"字"满"字有关系也；我国古代哲学以阴阳二字说明一切对待之事物，《易》坤卦象传曰："地道也，妻道也，臣道也。"是以夫妻君臣分配于阴阳也，《石头记》即用其义。第三十一回……翠缕说："知道了！姑娘（史湘云）是阳，我就是阴。……人家说主子为阳，奴才为阴。我连这个大道理也不懂得！"……清制，对于君主，满人自称奴才，汉人自称臣。臣与奴才，并无二义。以民族之对待言之，征服者为主，被征服者为奴。本书以男女影满、汉，以此。（页九至十）

这些是蔡先生的根本主张。以后便是"阐证本事"了。依他的见解，下面这些人是可考的：

（1）贾宝玉，伪朝之帝系也；宝玉者，传国玺之义也，即指胤礽（康熙帝的太子，后被废）。（页十至二二）

（2）《石头记》叙巧姐事，似亦指胤礽，巧字与礽字形相似也……（页二三至二五）

（3）林黛玉影朱竹垞（朱彝尊）也。绛珠，影其氏也。居潇湘馆，影其竹垞之号也……（页二五至二七）

（4）薛宝钗，高江村（高士奇）也。薛者，雪也。林和靖诗"雪满山中高士卧，月明林下美人来"。用薛字以影江村之姓名（高士奇）也……（页二八至四二）

（5）探春影徐健庵也。健庵名乾学，乾卦作"☰"，故曰三姑娘。健庵以进士第三人及第，通称探花，故名探春……（页四二至四七）

（6）王熙凤影余国柱也。王即柱字偏旁之省，国字俗写作"囯"，故熙凤之夫曰琏，言二王字相连也……（页四七至六一）

（7）史湘云，陈其年也。其年又号迦陵。史湘云佩金麒麟，当是"其"字"陵"字之借音。氏以史者，其年尝以翰林院检讨纂修《明史》也……（页六一至七一）

（8）妙玉，姜西溟（姜宸英）也。姜为少女，以妙代之。《诗》曰，"美如玉"，"美如英"。玉字所以代英字也（从徐柳泉说）……（页七二至八七）

（9）惜春，严荪友也……（页八七至九一）

（10）宝琴，冒辟疆也……（页九一至九五）

（11）刘老老，汤潜庵（汤斌）也……（页九五至百十）

蔡先生这部书的方法是：每举一人，必先举他的事实，然后引《红楼梦》中情节来配合。我这篇文里，篇幅有限，不能表示他的引书之多和用心之勤：这是我很抱歉的。但我总觉得蔡先生这么多的心力都是白白的浪费了，因为我总觉得他这部书到底还只是一种很牵强的附会。我记得从前有个灯谜，用杜诗"无边落木萧萧下"来打一个"日"字。这个谜，除了做谜的人自己，是没有人猜得中的。因为做谜的人先想着南北朝的齐和梁两朝都是姓萧的；其次，把"萧萧下"的"萧萧"解作两个姓萧的朝代；其次，二萧的下面是那姓陈的陈朝。想着了"陳"字，然后把偏旁去掉（无边），再把"東"字里的"木"字去掉（落木），剩下的"日"字，才是谜底！你若不能绕这许多弯子，休想猜谜！假使做《红楼梦》的人当日真个用王熙凤来影余国柱，真个想着"王即柱字偏旁之省，国字俗写作囯，故熙凤之夫曰琏，言二王字相连也"，假使他真如此思想，他岂不真成了一个大笨伯了吗？他费了那么大气力，到底只做了"国"字和"柱"字的一小部分，还有这两个字的其余部分和那最重要的"余"字，都不曾做到"谜面"里去！这样做的谜，可不是笨谜吗？用麒麟来影"其年"的其，"迦陵"的陵；用三姑娘来影"乾学"的乾：假使真有这种影射法，都是同样的笨谜！假使一部《红楼梦》真是一串这么样的笨谜，那就真不值得猜了！

我且再举一条例来说明这种"索隐"（猜谜）法的无益。蔡先生引蒯若木先生的话，说刘老老即是汤潜庵：

潜庵受业于孙夏峰（孙奇逢，清初的理学家）凡十年。夏峰之学本以象山（陆九渊）、阳明（王守仁）为宗，《石头记》，"刘老老之女婿曰王狗儿，狗儿之父曰王成。其祖上曾与凤姐之祖、王夫人之父认识；因贪王家势利，便连了宗"，似指此。

其实《红楼梦》里的王家既不是专指王阳明的学派，此处似不应该忽然用王家代表王学，况且从汤斌想到孙奇逢，从孙奇逢想到王阳明学派，再从阳明学派想到王夫人一家，又从王家想到王狗儿的祖上，又从王狗儿转到他的丈母刘老老——这个谜可不是比那"无边落木萧萧下"的谜还更难猜吗？蔡先生又说《石头记》第三十九回刘老老说的"抽柴"一段故事是影汤斌毁五通祠的事；刘老老的外孙板儿影的是汤斌买的一部《廿一史》；她的外孙女青儿影的是汤斌每天吃的韭菜。这种附会已是很滑稽的了。最妙的是第六回凤姐给刘老老二十两银子，蔡先生说这是影汤斌死后徐乾学赙送的二十金；又第四十二回凤姐又送老老八两银子，蔡先生说这是影汤斌死后惟遗俸银八两。这八两有了下落了，那二十两也有了下落了；但第四十二回王夫人还送了刘老老两包银子，每包五十两，共是一百两,这一百两可就没有下落了!因为汤斌一生的事实没有一件可恰合这一百两银子的,所以这一百两虽然比那二十八两更重要,到底没有"索隐"的价值!这种完全任意的去取,实在没有道理,故我说蔡先生的《〈石头记〉索隐》也还是一种很牵强的附会。

第三派的《红楼梦》附会家,虽然略有小小的不同,大致都主张《红楼梦》记的是纳兰成德的事。成德后改名性德,字容若,是康熙朝宰相明珠的儿子。陈康祺的《郎潜纪闻二笔》(即《燕下乡脞录》)卷五说:

先师徐柳泉先生云:"小说《红楼梦》一书即记故相明珠家事;金钗十二,皆纳兰侍卫(成德官侍卫)所奉为上客者也。宝钗影高澹人,妙玉即影西溟(姜宸英)……"徐先生言之甚详,惜余不尽记忆。

又俞樾的《小浮梅闲话》(《曲园杂纂》三十八)说:

《红楼梦》一书,世传为明珠之子而作。……明珠子名成德,字容若。《通志堂经解》每一种有纳兰成德容若序,即其人也。恭读乾隆五十一年(1786)二月二十九日上谕:"成德于康熙十一年(1672)壬子科中式举人,十二年癸丑科中式进士,年甫十六岁。"(适按:此谕不见于《东华录》,但载于《通志堂经解》之首。)然则其中举人止十五岁,于书中所述颇合也。

钱静方先生的《红楼梦考》(附在《〈石头记〉索隐》之后,页一二一至一三〇)也颇有赞成这种主张的倾向。钱先生说:

是书力写宝、黛痴情。黛玉不知所指何人。宝玉固全书之主人翁,即纳兰侍御也。使侍御而非深于情者,则焉得有此情影?余读

《饮水词抄》，不独于宾从间得听合之欢，而尤于闺房内致缠绵之意。即黛玉葬花一段，亦从其词中脱卸而出。是黛玉虽影他人，亦实影侍御之德配也。

这一派的主张，依我看来，也没有可靠的根据，也只是一种很牵强的附会。（1）纳兰成德生于顺治十一年（1654），死于康熙二十四年（1685），年三十一岁。他死时，他的父亲明珠正在极盛的时代（大学士加太子太傅，不久又晋太子太师），我们如何可说那眼见贾府兴亡的宝玉是指他呢？（2）俞樾引乾隆五十一年（1786）上谕说成德中举人时止十五岁，其实连那上谕都是错的。成德生于顺治十一年；康熙壬子，他中举人时，年十八；明年癸丑，他中进士，年十九。徐乾学做的《墓志铭》与韩菼做的《神道碑》，都如此说。乾隆帝因为硬要否认《通志堂经解》的许多序是成德做的，故说他中进士时年止十六岁（也许成德应试时故意减少三岁，而乾隆帝但依据履历上的年岁）。无论如何，我们不可用宝玉中举的年岁来附会成德。若宝玉中举的年岁可以附会成德，我们也可以用成德中进士和殿试的年岁来证明宝玉不是成德了！（3）至于钱先生说的纳兰成德的夫人即是黛玉，似乎更不能成立。成德原配卢氏，为两广总督兴祖之女；续配官氏，生二子一女。卢氏早死，故《饮水词》中有几首悼亡的词。钱先生引他的悼亡词来附会黛玉，其实这种悼亡的诗词，在中国旧文学里，何止几千首？况且大致都是千篇一律的东西。若几首悼亡词可以附会林黛玉，林黛玉真要成"人尽可夫"了！（4）至于徐柳泉说的大观园里十二金钗都是纳兰成德所奉为上客的一班名士，这种附会法与《〈石头记〉索隐》的方法有同样的危险。即如徐柳泉说妙玉影姜宸英，那么，黛玉何以不可附会姜宸英？晴雯何以不可附会姜宸英？又如他说宝钗影高士奇，那么，袭人也可以影高士奇了，凤姐更可以影高士奇了。我们试读姜宸英祭纳兰成德的文：

兄一见我，怪我落落；转亦以此，赏我标格。……数兄知我，其端非一。我常箕踞，对客欠伸，兄不余傲，知我任真。我时嫚骂，无问高爵，兄不余狂，知余疾恶。激昂论事，眼睁舌拼，兄为掌，助之叫号。有时对酒，雪涕悲歌，谓余失志，孤愤则那？彼何人斯，实应且憎，余色拒之，兄门固扃。

妙玉可当得这种交情吗？这可不更像黛玉吗？我们又试读郭琇参劾高士奇的奏疏：

……久之，羽翼既多，遂自立门户。……凡督抚藩臬道府厅县以及在内之大小卿员，皆王鸿绪等为之居停哄骗而夤缘照管者，馈至成千累万；即不属党护者，亦有常例，名之曰平安钱。然而人之肯为贿赂者，盖士奇供奉日久，势焰日张，人皆谓之门路真，而士奇遂自忘乎其为撞骗，亦居之不疑，曰，我之门路真。……以觅馆糊口之穷儒，而今忽为数百万之富翁，试问金从何来？无非取给于各官。然官从何来？非侵国帑，即剥民膏。夫以国帑民膏而填无厌之溪壑，是士奇等真国之蠹而民之贼也。（清史馆本传《耆献类征》六十）

宝钗可当得这种罪名吗？这可不更像凤姐吗？我举这些例的用意是要说明这种附会完全是主观的，任意的，最靠不住的，最无益的。钱静方先生说的好："要之，《红楼》一书，空中楼阁。作者第由其兴会所至，随手拈来，初无成意。即或有心影射，亦不过若即若离，轻描淡写，如画师所绘之百像图，类似者固多，苟细按之，终觉貌是而神非也。"

二

我现在要忠告诸位爱读《红楼梦》的人：我们若想真正了解《红楼梦》，必须先打破这种种牵强附会的《红楼梦》谜学！

其实做《红楼梦》的考证，尽可以不用那种附会的法子。我们只须根据可靠的版本与可靠的材料，考定这书的著者究竟是谁，著者的事迹家世，著书的时代，这书曾有何种不同的本子，这些本子的来历如何。这些问题乃是《红楼梦》考证的正当范围。

我们先从"著者"一个问题下手。

本书第一回说这书原稿是空空道人从一块石头上抄写下来的，故名《石头记》；后来空空道人改名情僧，遂改《石头记》为《情僧录》；东鲁孔梅溪题为《风月宝鉴》；后因曹雪芹于悼红轩中，披阅十载，增删五次，纂成目录，分出章回，又题曰《金陵十二钗》，并题一绝，即此便是《石头记》的缘起。诗云：

满纸荒唐言，一把辛酸泪。
都云作者痴，谁解其中味？

第百二十回又提起曹雪芹传授此书的缘由。大概"石头"与空空道人等名目都是曹雪芹假托的缘起，故当时的人多认这书是曹雪芹作的。袁枚的《随园诗话》卷二中有一条说：

康熙间，曹练亭（练当作楝）为江宁织造，每出拥八驺，必携书一本，观玩不辍。人问："公何好学？"曰："非也。我非地方官而百姓见我必起立，我心不安，故借此遮目耳。"素与江宁太守陈鹏年不相中，及陈获罪，乃密疏荐陈。人以此重之。

其子雪芹撰《红楼梦》一书，备记风月繁华之盛。中有所谓大观园者，即余之随园也。明我斋读而羡之（坊间刻本无此七字）。当时红楼中有某校书尤艳，我斋题云（此四字坊间刻本作"雪芹赠云"，今据原刻本改正）：

病容憔悴胜桃花，午汗潮回热转加。犹恐意中人看出，强言今日较差些。威仪棣棣若山河，应把风流夺绮罗。不似小家拘束态，笑时偏少默时多。

我们现在所有的关于《红楼梦》的旁证材料，要算这一条为最早。近人征引此条，每不全录；他们对于此条的重要，也多不曾完全懂得。这一条记载的重要，凡有几点：

（1）我们因此知道乾隆时的文人承认《红楼梦》是曹雪芹作的。

（2）此条说曹雪芹是曹楝亭的儿子（又《随园诗话》卷十六也说"雪芹者，曹练事织造之嗣君也"，但此说实是错的，说详后）。

（3）此条说大观园即是后来的随园。

俞樾在《小浮梅闲话》里曾引此条的一小部分，又加一注，说：

纳兰容若《饮水词集》有《满江红》词，为曹子清题其先人所构楝亭，即雪芹也。

俞樾说曹子清即雪芹，是大谬的。曹子清即曹楝亭，即曹寅。

我们先考曹寅是谁。吴修的《昭代名人尺牍小传》卷十二说：

曹寅，字子清，号楝亭，奉天人，官通政司使，江宁织造。校刊古书甚精，有扬州局刻《五韵》《楝亭十二种》，盛行于世。著《楝亭诗抄》。

《扬州画舫录》卷二说：

曹寅，字子清，号楝亭，满洲人，官两淮盐院。工诗词，善书，著有《楝亭诗集》。刊秘书十二种，为《梅苑》《声画集》《法书考》《琴史》《墨经》《砚笺》、刘后山（当作刘后村）《千家诗》《禁扁》《钓矶立谈》《都城纪胜》《糖霜谱》《录鬼簿》。今之仪征余园门榜"江天传舍"四字，是所书也。

这两条可以参看。又韩菼的《有怀堂文稿》里有《楝亭记》一篇，说：

荔轩曹使君性至孝。自其先人董三服，官江宁，于署中手植楝树一株，绝爱之，为亭其间，尝憩息于斯。后十余年，使君适自苏移节，如先生之任，则亭颇坏，为新其材，加垩焉，而亭复完。

据此可知曹寅又字荔轩，又可知《饮水词》中的楝亭的历史。

最详细的记载是章学诚的《丙辰札记》：

曹寅为两淮巡盐御史，刻古书凡十五种，世称"曹楝亭本"是也。康熙四十三年（1704），四十五年，四十七年，四十九年，间年一任，与同旗李煦互相番代。李于四十四年，四十六年，四十八年，与曹互代；五十年，五十一年，五十二年，五十五年，五十六年，又连任，较曹用事为久矣。然曹至今为学士大夫所称，而李无闻焉。

不幸章学诚说的那"至今为学士大夫所称"的曹寅，竟不曾留下一篇传记给我们做考证的材料,《耆献类征》与《碑传集》都没有曹寅的碑传。只有宋和的《陈鹏年传》(《耆献类征》卷一六四,页一八以下)有一段重要的纪事:

乙酉(康熙四十四年),上南巡(此康熙帝第五次南巡)。总督集有司议供张,欲于丁粮耗加三分。有司皆慴服,唯唯。独鹏年(江宁知府陈鹏年)不服,否否。总督怏怏,议虽寝,则欲抶去鹏年矣。

无何,车驾由龙潭幸江宁。行宫草创(按:此指龙潭之行宫),欲抶去之者因以是激上怒。时故庶人(按:此即康熙帝的太子胤礽,至四十七年(1708)被废)从幸,更怒,欲杀鹏年。车驾至江宁,驻跸织造府。一日,织造幼子嬉而过于庭,上以其无知也,曰:"儿知江宁有好官乎?"曰:"知有陈鹏年。"时有致政大学士张英来朝,上……使人问鹏年,英称其贤。而英则庶人之所傅,上乃谓庶人曰:"尔师傅贤之,如何杀之?"庶人犹欲杀之。

织造曹寅免冠叩头,为鹏年请。当是时,苏州织造李某伏寅后,为寅娬(娬字不见于字书,似有儿女亲家的意思),见寅血被额,恐触上怒,阴曳其衣,警之。寅怒而顾之曰:"云何也?"复叩头,阶有声,竟得请。出,巡抚宋荦逆之曰:"君不愧朱云折槛矣!"

又我的朋友顾颉刚在《江南通志》里查出江宁织造的职官如下表:

康熙二年至二十三年	曹玺
康熙二十三年至三十一年	桑格

康熙三十一年至五十二年	曹寅
康熙五十二年至五十四年	曹颙
康熙五十四年至雍正六年（1728）	曹頫
雍正六年以后	隋赫德

又苏州织造的职官如下表：

康熙二十九年至三十二年	曹寅
康熙三十二年至六十一年	李煦

这两表的重要，我们可以分开来说：

（1）曹玺，字元璧，是曹寅的父亲。颉刚引《上元江宁两县志》道："织局繁剧，玺至，积弊一清。陛见，陈江南吏治极详，赐蟒服，加一品，御书'敬慎'扁额。卒于位。子寅。"

（2）因此可知曹寅当康熙二十九年（1690）至三十二年时，做苏州织造；三十一年至三十二年，他兼任江宁织造；三十二年以后，他专任江宁织造二十年。

（3）康熙帝六次南巡的年代，可与上两表参看：

康熙二三	一次南巡	曹玺为苏州织造
二八	二次南巡	
三八	三次南巡	曹寅为江宁织造
四二	四次南巡	同上
四四	五次南巡	同上

| 四六 | 六次南巡 | 同上 |

（4）颉刚又考得"康熙南巡，除第一次到南京驻跸将军署外，余五次均把织造署当行宫"。这五次之中，曹寅当了四次接驾的差。又《振绮堂丛书》内有《圣驾五幸江南恭录》一卷，记康熙四十四年的第五次南巡，写曹寅既在南京接驾，又以巡盐御史的资格赶到扬州接驾；又记曹寅进贡的礼物及康熙帝回銮时赏他通政使司通政使的事，甚详细，可以参看。

（5）曹颙与曹頫都是曹寅的儿子。曹寅的《楝亭诗抄别集》有《郭振基序》，内说"侍公函丈有年，今公子继任织部，又辱世讲"。是曹颙之为曹寅儿子，已无可疑。曹頫大概是曹颙的兄弟（说详下）。

又《四库全书提要》谱录类食谱之属存目里有一条说：

《居常饮馔录》一卷。（编修程晋芳家藏本）

国朝曹寅撰。寅字子清，号楝亭，镶蓝旗汉军。康熙中，巡视两淮盐政，加通政司衔。是编以前代所传饮膳之法汇成一编：一曰，宋王灼《糖霜谱》；二三曰，宋东谿遯叟《粥品》及《粉面品》；四曰，元倪瓒《泉史》；五曰，元海滨逸叟《制脯鲊法》；六曰，明王叔承《酿录》；七曰，明释智舷《茗笺》；八九曰，明灌畦老叟《蔬香谱》及《制蔬品法》。中间《糖霜谱》，寅已刻入所辑《楝亭十种》；其他亦颇散见于《说郛》诸书云。

又《提要》别集类存目里有一条：

《楝亭诗钞》五卷，附《词钞》一卷。（江苏巡抚采进本）

国朝曹寅撰。寅有《居常饮馔录》，已著录。其诗一刻于扬州，计盈千首；再刻于仪征，则寅自汰其旧刻，而吴尚中开雕于东园者。此本即仪征刻也。其诗出入于白居易、苏轼之间。

《提要》说曹家是镶蓝旗人，这是错的。《八旗氏族通谱》有曹锡远一系，说他家是正白旗人，当据以改正。但我们因《四库提要》提起曹寅的诗集，故后来居然寻着他的全集，计《楝亭诗抄》八卷，《文抄》一卷，《词抄》一卷，《诗别集》四卷，《词别集》一卷（天津公园图书馆藏）。从他的集子里，我们得知他生于顺治十五年戊戌（1658）九月七日，他死时大概在康熙五十一年（1712）的下半年，那时他五十五岁。他的诗颇有好的，在八旗的诗人之中，他自然要算一个大家了（他的诗在铁保辑的《八旗人诗抄》——改名《熙朝雅颂集》里，占一全卷的地位）。当时的文学大家，如朱彝尊、姜宸英等，都为《楝亭诗抄》作序。

以上关于曹寅的事实，总结起来，可以得几个结论：

（1）曹寅是八旗的世家，几代都在江南做官。他的父亲曹玺做了二十一年的江宁织造；曹寅自己做了四年的苏州织造，做了二十一年的江宁织造，同时又兼做了四次的两淮巡盐御史。他死后，他的儿子曹颙接着做了三年的江宁织造，他的儿子曹頫接下去做了十三年的江宁织造。他家祖孙三代四个人总共做了五十八年的江宁织造。这个织造真成了他家的"世职"了。

（2）当康熙帝南巡时，他家曾办过四次以上的接驾的差。

（3）曹寅会写字，会作诗词，有诗词集行世；他在扬州曾管领《全唐诗》的刻印，扬州的诗局归他管理甚久；他自己又刻有二十几种精刻的书（除上举各书外，尚有《周易本义》《施愚山集》

等；朱彝尊的《曝书亭集》也是曹寅捐资倡刻的，刻未完而死）。他家中藏书极多，精本有三千二百八十七种之多（见他的《楝亭书目》，京师图书馆有抄本），可见他的家庭富有文学美术的环境。

（4）他生于顺治十五年，死于康熙五十一年（1658—1712）。

以上是曹寅的略传与他的家世。曹寅究竟是曹雪芹的什么人呢？袁枚在《随园诗话》里说曹雪芹是曹寅的儿子。这一百多年以来，大家多相信这话，连我在这篇《考证》的初稿里也信了这话。现在我们知道曹雪芹不是曹寅的儿子，乃是他的孙子。最初改正这个大错的是杨钟羲先生。杨先生编有《八旗文经》六十卷，又著有《雪桥诗话》三编，是一个最熟悉八旗文献掌故的人。他在《雪桥诗话续集》卷六，页二三说：

敬亭（清宗室敦诚字敬亭）……尝为《琵琶亭传奇》一折，曹雪芹（霑）题句有云："白傅诗灵应喜甚，定教蛮素鬼排场。"雪芹为楝亭通政孙，平生为诗，大概如此，竟坎坷以终。敬亭挽雪芹诗有"牛鬼遗文悲李贺，鹿车荷锸葬刘伶"之句。

这一条使我们知道三个要点：

（一）曹雪芹名霑。

（二）曹雪芹不是曹寅的儿子，是他的孙子（《中国人名大辞典》页九九〇作"名霑，寅子"，似是根据《雪桥诗话》而误改其一部分）。

（三）清宗室敦诚的诗文集内必有关于曹雪芹的材料。

敦诚字敬亭，别号松堂，英王之裔。他的逸事也散见《雪桥诗话》初、二集中。他有《四松堂集》诗二卷，文二卷，《鹪鹩轩笔麈》一卷。他的哥哥名敦敏，字子明，有《懋斋诗抄》。我从此便到处访求这两个人的集子，不料到如今还不曾寻到手。我今年夏间到上海，写信去问杨钟羲先生，他回信说，曾有《四松堂集》，但辛亥乱后遗失了。我虽然很失望，但杨先生既然根据《四松堂集》说曹雪芹是曹寅之孙，这话自然万无可疑。因为敦诚兄弟都是雪芹的好朋友，他们的证见自然是可信的。

我虽然未见敦诚兄弟的全集，但《八旗人诗抄》（《熙朝雅颂集》）里有他们兄弟的诗一卷。这一卷里有关于曹雪芹的诗四首，我因为这种材料颇不易得，故把这四首全抄于下。

赠曹雪芹　敦敏

碧水青山曲径遐，薜萝门巷足烟霞。寻诗人去留僧壁，卖画钱来付酒家。燕市狂歌悲遇合，秦淮残梦忆繁华。新愁旧恨知多少，都付酕醄醉眼斜。

访曹雪芹不值　敦敏

野浦冻云深，柴扉晚烟薄。山村不见人，夕阳寒欲落。

佩刀质酒歌　敦诚

秋晓遇雪芹于槐园，风雨淋涔，朝寒袭袂。时主人未出，雪芹酒渴如狂，余因解佩刀沽酒而饮之。雪芹欢甚，作长歌以谢余。余亦作此答之。

我闻贺鉴湖，不惜金龟掷酒垆。又闻阮遥集，直卸金貂作鲸吸。嗟余本非二子狂，腰间更无黄金珰。秋气酿寒风雨恶，满园榆柳飞苍黄。主人未出童子睡，斝干瓮涩何可当！相逢况是淳于辈，一石差可温枯肠。身外长物亦何有？鸾刀昨夜磨秋霜。且酤满眼作软饱，……令此肝肺生角芒。曹子大笑称"快哉"！击石作歌声琅琅。知君诗胆昔如铁，堪与刀颖交寒光。我有古剑尚在匣，一条秋水苍波凉。君才抑塞倘欲拔，不妨斫地歌王郎。

寄怀曹雪芹　敦诚

少陵昔赠曹将军，曾曰魏武之子孙。嗟君或亦将军后，于今环堵蓬蒿屯。扬州旧梦久已绝，且著临邛犊鼻裈。爱君诗笔有奇气，直追昌谷披篱樊。当时虎门数晨夕，西窗剪烛风雨昏。接倒着容君傲，高谈雄辩虱手扪。感时思君不相见，蓟门落日松亭尊。劝君莫弹食客铗，劝君莫叩富儿门。残杯冷炙有德色，不如著书黄叶村。

我们看这四首诗，可想见他们弟兄与曹雪芹的交情是很深的。他们的证见真是史学家说的"同时人的证见"，有了这种证据，我们不能不认袁枚为误记了。

这四首诗中，有许多可注意的句子。

第一，如"秦淮残梦忆繁华"，如"于今环堵蓬蒿屯，扬州旧梦久已绝，且著临邛犊鼻裈"，如"劝君莫弹食客铗，劝君莫叩富儿门。残杯冷炙有德色，不如著书黄叶村"，都可以证明曹雪芹当时已很贫穷，穷的很不像样了，故敦诚有"残杯冷炙有德色"的劝戒。

第二，如"寻诗人去留僧壁，卖画钱来付酒家"，如"知君诗胆昔如铁"，如"爱君诗笔有奇气，直追昌谷披篱樊"，都可以使我们知道曹雪芹是一个会作诗又会绘画的人。最可惜的是曹雪芹的诗现在只剩得"白傅诗灵应喜甚，定教蛮素鬼排场"两句了。但单看这两句，也就可以想见曹雪芹的诗大概是很聪明的，很深刻的。敦诚弟兄比他做李贺，大概很有点相像。

第三，我们又可以看出曹雪芹在那贫穷潦倒的境遇里，很觉得牢骚抑郁，故不免纵酒狂歌，自寻排遣。上文引的如"雪芹酒渴如狂"，如"相逢况是淳于辈，一石差可温枯肠"，如"新愁旧恨知多少，都付酕醄醉眼斜"，如"鹿车荷锸葬刘伶"，都可以为证。

我们既知道曹雪芹的家世和他自身的境遇了，我们应该研究他的年代。这一层颇有点困难，因为材料太少了。敦诚有挽雪芹的诗，可见雪芹死在敦诚之前。敦诚的年代也不可详考。但《八旗文经》里有几篇他的文字，有年月可考，如《拙鹄亭记》作于辛丑初冬，如《松亭再征记》作于戊寅正月，如《祭周立厓》文中说："先生与先公始交时在戊寅己卯间；是时先生……每过静补堂……诚尝侍几杖侧。……迨庚寅先公即世，先生哭之过时而哀。……诚追述平生……回念静补堂几杖之侧，已二十余年矣。"今作一表，如下：

乾隆二三，戊寅（1758）。

乾隆二四，己卯（1759）。

乾隆三五，庚寅（1770）。

乾隆四六，辛丑（1781）。自戊寅至此，凡二十三年。

清宗室永忠（臞仙）为敦诚作葛巾居的诗，也在乾隆辛丑。敦诚之父死于庚寅，他自己的死期大约在二十年之后，约当乾隆五十余年。纪昀为他的诗集作序，虽无年月可考，但纪昀死于嘉庆十年（1805），而序中的语意都可见敦诚死已甚久了。故我们可以猜定敦诚大约生于雍正初年（约1725），死于乾隆五十余年（约1785—1790）。

敦诚兄弟与曹雪芹往来，从他们赠答的诗看起来，大概都在他们兄弟中年以前，不像在中年以后。况且《红楼梦》当乾隆五十六七年时已在社会上流通二十余年了（说详下）。以此看来，我们可以断定曹雪芹死于乾隆三十年左右（约1765）。至于他的年纪，更不容易考定了。但敦诚兄弟的诗的口气，很不像是对一位老前辈的口气。我们可以猜想雪芹的年纪至多不过比他们大十来岁，大约生于康熙末叶（约1715—1720）；当他死时，约五十岁左右。

以上是关于著者曹雪芹的个人和他的家世的材料。我们看了这些材料，大概可以明白《红楼梦》这部书是曹雪芹的自叙传了。这个见解，本来并没有什么新奇，本来是很自然的。不过因为《红楼梦》被一百多年来的红学大家越说越微妙了，故我们现在对于这个极平常的见解反觉得他有证明的必要了。我且举几条重要的证据如下。

第一，我们总该记得《红楼梦》开端时，明明地说着：

作者自云曾历过一番梦幻之后，故将真事隐去，而借"通灵"说此《石头记》一书也。……自己又云：今风尘碌碌，一事无成，忽念及当日所有之女子，一一细考较去，觉其行止见识皆出我之上。我堂堂须眉，诚不若彼裙钗。……当此日，欲将已往所赖天恩祖德，锦衣纨袴之时，饫甘餍肥之日，背父兄教育之恩，负师友规训之德，以致今日一技无成半生潦倒之罪，编述一集，以告天下。

这话说的何等明白！《红楼梦》明明是一部"将真事隐去"的自叙的书。若作者是曹雪芹，那么，曹雪芹即是《红楼梦》开端时那个深自忏悔的"我"！即是书里的甄贾（真假）两个宝玉的底本！懂得这个道理，便知书中的贾府与甄府都只是曹雪芹家的影子。

第二，第一回里那石头说道：

我想历来野史的朝代，无非假借汉唐的名色；莫如我石头所记，不借此套，只按自己的事体情理，反到新鲜别致。

又说：

更可厌者，"之乎者也"，非理即文，大不近情，自相矛盾，竟不如我这半世亲见亲闻的这几个女子，虽不敢说强似前代书中所有之人，但观其事迹原委，亦可消愁破闷。

他这样明白清楚地说这书是我"自己的事体情理"，是我"半世亲见亲闻的"；而我们偏要硬派这书是说顺治帝的，是说纳兰成德的，这岂不是作茧自缚吗？

第三，《红楼梦》第十六回有谈论南巡接驾的一大段，原文如下：

凤姐道："……可恨我小几岁年纪，若早生二三十年，如今这些老人家也不薄我没见世面了。说起当年太祖皇帝仿舜巡的故事，比一部书还热闹，我偏偏的没赶上。"

赵嬷嬷（贾琏的乳母）道："嗳哟，那可是千载难逢的！那时候我才记事儿。咱们贾府正在姑苏扬州一带，监造海船，修理海塘。只预备接驾一次，把银子花的像淌海水是的。说起来——"

凤姐忙接道："我们王府里也预备过一次。那时我爷爷专管各国进贡朝贺的事，凡有外国人来，都是我们家养活。粤、闽、滇、浙所有的洋船货物，都是我们家的。"

赵嬷嬷道："那是谁不知道的？……如今还有现在江南的甄家，——嗳哟，好势派！——独他们家接驾四次。要不是我们亲眼看见，告诉谁也不信的。别讲银子成了粪土；凭是世上有的，没有不是堆山积海的。'罪过可惜'四个字，竟顾不得了。"

凤姐道："我常听见我们太爷说，也是这样的。岂有不信的？只纳罕他家怎么就这样富贵呢？"

赵嬷嬷道："告诉奶奶一句话：也不过拿着皇帝家的银子往皇帝身上使罢了。谁家有那些钱买这个虚热闹去？"

此处说的甄家与贾家都是曹家。曹家几代在江南做官，故《红楼梦》里的贾家虽在"长安"，而甄家始终在江南。上文曾考出康熙帝南巡六次，曹寅当了四次接驾的差，皇帝就住在他的衙门里。《红楼梦》差不多全不提起历史上的事实，但此处却郑重地说起"太祖皇帝仿舜巡的故事"，大概是因为曹家四次接驾乃是很不常见的盛事，故曹雪芹不知不觉的——或是有意的——把他家这桩最阔的大典说了出来。这也是敦敏送他的诗里说的"秦淮旧梦忆繁华"了。但我们却在这里得着一条很重要的证据。因为一家接驾四五次，不是人人可以随便有的机会。大官如督抚，不能久任一处，便不能有这样好的机会。只有曹寅做了二十年江宁织造，恰巧当了四次接驾的差。这不是很可靠的证据吗？

第四，《红楼梦》第二回叙荣国府的世次如下：

自荣国公死后，长子贾代善袭了官，娶的是金陵世家史侯的小姐为妻，生了两个儿子：长名贾赦，次名贾政。如今代善早已去世，太夫人尚在。长子贾赦袭了官，为人平静中和，也不管理家务。次子贾政，自幼酷喜读书，为人端方正直；祖父钟爱，原要他以科甲出身的。不料代善临终时，遗本一上，皇上因恤先臣，即时令长子袭官外，问还有几子，立刻引见；遂又额外赐了这政老爷一个主事之职，令其入部学习；如今已升了员外郎。

我们可用曹家的世系来比较：

曹锡远，正白旗包衣人。世居沈阳地方，来归年月无考。其子曹振彦，原任浙江盐法道。

孙：曹玺，原任工部尚书；曹尔正，原任佐领。

曾孙：曹寅，原任通政使司通政使；曹宜，原任护军参领兼佐领；曹荃，原任司库。

元孙：曹颙，原任郎中；曹頫，原任员外郎；曹颀，原任二等侍卫，兼佐领；曹天祐，原任州同。（《八旗氏族通谱》卷七十四）

曹寅的《楝亭诗抄别集》中有"辛卯三月闻珍儿殇，书此忍恸，兼示四侄寄东轩诸友"诗三首，其二云："世出难居长，多才在四三。承家赖犹子，努力作奇男。"四侄即顾，那排行第三的当是那小名珍儿的了。如此看来，颙与頫当是行一与行二。曹寅死后，曹颙袭织造之职。到康熙五十四年（1715），曹颙或是死了，或是因事撤换了，故次子曹頫接下去做。织造是内务府的一个差事，故不算做官，故《氏族通谱》上只称曹寅为通政使，称曹頫为员外郎。但《红楼梦》里的贾政，也是次子，也是先不袭爵，也是员外郎。这三层都与曹相合。故我们可以认贾政即是曹；因此，贾宝玉即是曹雪芹，即是曹頫之子，这一层更容易明白了。

第五，最重要的证据自然还是曹雪芹自己的历史和他家的历史。《红楼梦》虽没有做完（说详下），但我们看了前八十回，也就可以断定：（1）贾家必致衰败；（2）宝玉必致沦落。《红楼梦》开端便说，"风尘碌碌，一事无成"；又说，"一技无成，半生潦倒"；又说，"当此蓬牖茅椽，绳床瓦灶"。这是明说此书的著者——即是书中的主人翁——当著书时，已在那穷愁不幸的境地。况且第十三回写秦可卿死时在梦中对凤姐说的话，句句明说贾家将来必到"树倒猢狲散"的地步。所以我们即使不信后四十回（说详下）抄家和宝玉出家的话，也可以推想贾家的衰败和宝玉的流落了。我们再回看上文引的敦诚兄弟送曹雪芹的诗，可以列举雪芹一生的历史如下：

（1）他是做过繁华旧梦的人。

（2）他有美术和文学的天才，能作诗，能绘画。

（3）他晚年的境况非常贫穷潦倒。

这不是贾宝玉的历史吗？此外，我们还可以指出三个要点。第一，曹雪芹家自从曹玺、曹寅以来，积成一个很富丽的文学美术的环境。他家的藏书在当时要算一个大藏书家，他家刻的书至今推为精刻的善本。富贵的家庭并不难得；但富贵的环境与文学美术的环境合在一家，在当日的汉人中是没有的，就在当日的八旗世家中，也很不容易寻找了。第二，曹寅是刻《居常饮馔录》的人，《居常饮馔录》所收的书，如《糖霜谱》《制脯鲊法》《粉面品》之类，都是专讲究饮食糖饼的做法的。曹寅家做的雪花饼，见于朱彝尊的《曝书亭集》（二十一，页十二），有"粉量云母细，糁和雪糕匀"的称誉。我们读《红楼梦》的人，看贾母对于吃食的讲究，看贾家上下对于吃食的讲究，便知道《居常饮馔录》的遗风未泯，雪花饼的名不虚传！第三，关于曹家衰落的情形，我们虽没有什么材料，但我们知道曹寅的亲家李煦在康熙六十一年（1722）已因亏空被革职查追了。雍正《朱批谕旨》第四十八册有雍正元年（1723）《苏州织造胡凤翚奏折》内称：

> 今查得李煦任内亏空各年余剩银两，现奉旨交督臣查弼纳查追外，尚有六十一年办六十年分应存剩银六万三百五十五两零，并无存库，亦系李煦亏空。……所有历年动用银两数目，另开细折，并呈御览。

又第十三册有《两淮巡盐御史谢赐履奏折》内称：

> 窃照两淮应解织造银两，历年遵奉已久。兹于雍正元年三月十六日，奉户部咨行，将江苏织造银两停其支给；两淮应解银两，汇行解部。……前任盐臣魏廷珍于康熙六十一年内未奉部文停止之先，两次解过苏州织造银五万两。……再本年六月内奉有停止江宁织造之文。查前盐臣魏廷珍经解过江宁织造银四万两，臣任内……解过江宁织造银四万五千一百二十两。……臣请将解过苏州织造银两在于审理李煦亏空案内并追；将解过江宁织造银两行令曹頫解还户部。

李煦做了三十年的苏州织造，又兼了八年的两淮盐政，到头来竟因亏空被查追。胡凤翚折内只举出康熙六十一年的亏空，已有六万两之多，加上谢赐履折内举出应退还两淮的十万两，这一年的亏空就是十六万两了！他历年亏空的总数之多，可以想见。这时候，曹頫（曹雪芹之父）虽然还未曾得罪，但谢赐履折内已提及两事：一是停止两淮应解织造银两，一是要曹頫赔出本年已解的八万一千余两。这个江宁织造就不好做了。我们看了李煦的先例，就可以推想曹頫的下场也必是因亏空而查追，因查追而抄没家产。

关于这一层，我们还有一个很好的证据。袁枚在《随园诗话》里说《红楼梦》里的大观园即是他的随园。我们考随园的历史，可以信此话不是假的。袁枚的《随园记》（《小仓山房文集》十二）说随园本名隋园，主人为康熙时织造隋公。此隋公即是隋赫德，即是接曹𫖯的任的人（袁枚误记为康熙时，实为雍正六年（1728））。袁枚作记在乾隆十四年己巳（1749），去曹𫖯卸织造任时甚近，他应该知道这园的历史。我们从此可以推想曹当雍正六年去职时，必是因亏空被追赔，故这个园子就到了他的继任人的手里。从此以后，曹家在江南的家产都完了，故不能不搬回北京居住。这大概是曹雪芹所以流落在北京的原因。我们看了李煦、曹𫖯两家败落的大概情形，再回头来看《红楼梦》里写的贾家的经济困难情形，便更容易明白了。如第七十二回凤姐夜间梦见人来找她，说娘娘要一百匹锦，凤姐不肯给，他就来夺。来旺家的笑道："这是奶奶日间操心常应候宫里的事。"一语未了，人回夏太监打发了一个小内监来说话。贾琏听了，忙皱眉道："又是什么话！一年他们也够搬了。"凤姐道："你藏起来，等我见他。"好容易凤姐弄了二百两银子把那小内监打发开去，贾琏出来，笑道："这一起外祟，何日是了？"凤姐笑道："刚说着，就来了一股子。"贾琏道："昨儿周太监来，张口就是一千两。我略慢应了些，他不自在。将来得罪人之处不少。这会子再发三二百万的财，就好了！"又如第五十三回写黑山村庄头乌进孝来贾府纳年例，贾珍与他谈的一段话也很可注意：

贾珍皱眉道："我算定你至少也有五千银子来。这够做什么的！……真真是叫别过年了！"

乌进孝道:"爷的地方还算好呢。我兄弟离我那里只有一百多里,竟又大差了。他现管着那府(荣国府)八处庄地,比爷这边多着几倍,今年也是这些东西,不过二三千两银子,也是有饥荒打呢。"

贾珍道:"如何呢?我这边到可已,没什么外项大事,不过是一年的费用。……比不得那府里(荣国府),这几年添了许多化钱的事,一定不可免是要化的,却又不添银子产业。这一二年里赔了许多。不和你们要,找谁去?"

乌进孝笑道:"那府里如今虽添了事,有去有来。娘娘和万岁爷岂不赏吗?"

贾珍听了,笑向贾蓉等道:"你们听听,他说的可笑不可笑?"

贾蓉等忙笑道:"你们山坳海沿子上的人,那里知道这道理?娘娘难道把皇上的库给我们不成?……就是赏,也不过一百两金子,才值一千多两银子,够什么?这二年,那一年不赔出几千两银子来?头一年省亲,连盖花园子,你算算那一注化了多少,就知道了。再二年,再省一回亲,只怕精穷了!……"

贾蓉又说又笑,向贾珍道:"果真那府里穷了。前儿我听见二婶娘(凤姐)和鸳鸯悄悄商议,要偷老太太的东西去当银子呢。"

借当的事又见于第七十二回:

鸳鸯一面说,一面起身要走。贾琏忙也立起身来说道:"好姐姐,略坐一坐儿,兄弟还有一事相求。"说着,便骂小丫头:"怎么不泡好茶来!快拿干净盖碗,把昨日进上的新茶泡一碗来!"说着,向鸳鸯道:"这两日因老太太千秋,所有的几千两都使完了。

几处房租地租统在九月才得。这会子竟接不上。明儿又要送南安府里的礼，又要预备娘娘的重阳节；还有几家红白大礼，至少还要二三千两银子用，一时难去支借。俗语说的好，求人不如求己。说不得，姐姐担个不是，暂且把老太太查不着的金银家伙，偷着运出一箱子来，暂押千数两银子，支腾过去。"

因为《红楼梦》是曹雪芹"将真事隐去"的自叙，故他不怕琐碎，再三再四的描写他家由富贵变成贫穷的情形。我们看曹寅一生的历史，决不像一个贪官污吏；他家所以后来衰败，他的儿子所以亏空破产，大概都是由于他一家都爱挥霍，爱摆阔架子；讲究吃喝，讲究场面；收藏精本的书，刻行精本的书；交结文人名士，交结贵族大官，招待皇帝，至于四次五次；他们又不会理财，又不肯节省；讲究挥霍惯了，收缩不回来——以至于亏空，以至于破产抄家。《红楼梦》只是老老实实地描写这一个"坐吃山空""树倒猢狲散"的自然趋势。因为如此，所以《红楼梦》是一部自然主义的杰作。那班猜谜的红学大家不晓得《红楼梦》的真价值正在这平淡无奇的自然主义的上面，所以他们偏要绞尽心血去猜那想入非非的笨谜，所以他们偏要用尽心思去替《红楼梦》加上一层极不自然的解释。

总结上文关于"著者"的材料，凡得六条结论：

（1）《红楼梦》的著者是曹雪芹。

（2）曹雪芹是汉军正白旗人，曹寅的孙子，曹𫖯的儿子，生于极富贵之家，身经极繁华绮丽的生活，又带有文学与美术的遗传与环境。他会作诗，也能画，与一班八旗名士往来。但他的生活非常贫苦，他因为不得志，故流为一种纵酒放浪的生活。

（3）曹寅死于康熙五十一年（1712）。曹雪芹大概即生于此时，或稍后。

（4）曹家极盛时，曾办过四次以上的接驾的阔差；但后来家渐衰败，大概因亏空得罪被抄没。

（5）《红楼梦》一书是曹雪芹破产倾家之后，在贫困之中作的。作书的年代大概当乾隆初年到乾隆三十年左右，书未完而曹雪芹死了。

（6）《红楼梦》是一部隐去真事的自叙：里面的甄、贾两宝玉，即是曹雪芹自己的化身；甄、贾两府即是当日曹家的影子（故贾府在"长安"都中，而甄府始终在江南）。

现在我们可以研究《红楼梦》的"本子"问题。现今市上通行的《红楼梦》虽有无数版本，然细细考较去，除了有正书局一本外，都是从一种底本出来的。这种底本是乾隆末年间程伟元的百二十回全本，我们叫他做"程本"。这个程本有两种本子，一种是乾隆五十七年壬子（1792）的第一次活字排本，可叫作"程甲本"。一种也是乾隆五十七年壬子程家排本，是用"程甲本"来校改修正的，这个本子可叫作"程乙本"。"程甲本"我的朋友马幼渔教授藏有一部，"程乙本"我自己藏有一部。乙本远胜于甲本，但我仔细审察，不能不承认"程甲本"为外间各种《红楼梦》的底本。各本的错误矛盾，都是根据于"程甲本"的，这是《红楼梦》版本史上一件最不幸的事。

此外，上海有正书局石印的一部八十回本的《红楼梦》，前面有一篇德清戚蓼生的序，我们可叫他做"戚本"。有正书局的老板在这部书的封面上题着"国初抄本《红楼梦》"，又在首页题着"原本《红楼梦》"。那"国初抄本"四个字自然是大错的。那"原本"两字也不妥当。这本已有总评，有夹评，有韵文的评赞，又往往有"题"诗，有时又将评语抄入正文（如第二回），可见已是很晚的抄本，决不是"原本"了。但自程氏两种百二十回本出版以后，八十回本已不可多见。戚本大概是乾隆时无数辗转传抄本之中幸而保存的一种，可以用来参校程本，故自有他的相当价值，正不必假托"国初抄本"。

《红楼梦》最初只有八十回，直至乾隆五十六年（1791）以后始有百二十回的《红楼梦》。这是无可疑的。程本有程伟元的序，序中说：

《石头记》是此书原名。……好事者每传抄一部置庙市中，昂其值得数十金，可谓不胫而走者矣。然原本目录一百二十卷，今所藏只八十卷，殊非全本。即间有称全部者，及检阅仍只八十卷，读者颇以为憾。不佞以是书既有百二十卷之目，岂无全璧？爰为竭力搜罗，自藏书家甚至故纸堆中，无不留心。数年以来，仅积有二十余卷。一日，偶于鼓担上得十余卷，遂重价购之，欣然翻阅，见其前后起伏尚属接榫（榫音笋，削木入窍名榫，又名榫头）。然漶漫不可收拾。乃同友人细加厘剔，截长补短，抄成全部，复为镌板，以公同好。《石头记》全书至是始告成矣。……小泉程伟元识。

我自己的程乙本还有高鹗的一篇序，中说：

予闻《红楼梦》脍炙人口者，几廿余年，然无全璧，无定本。……今年春，友人程子小泉过予，以其所购全书见示，且曰："此仆数年铢积寸累之苦心，将付剞劂，公同好。子闲且惫矣，盍分任之？"予以是书虽稗官野史之流，然尚不谬于名教，欣然拜诺，正以波斯奴见宝为幸，遂襄其役。工既竣，并识端末，以告阅者。时乾隆辛亥（1791）冬至后五日铁岭高鹗叙，并书。

此序所谓"工既竣"，即是程序说的"同友人细加厘剔，截长补短"的整理工夫，并非指刻板的工程。我这部程乙本还有七条"引言"，比两序更重要，今节抄几条于下。

（一）是书前八十回，藏书家抄录传阅几三十年矣。今得后四十回，合成完璧。缘友人借抄争睹者甚夥，抄录固难，刊板亦需时日，姑集活字刷印。因急欲公诸同好，故初印时不及细校，间有纰缪。今复聚集各原本，详加校阅，改订无讹。惟阅者谅之。

（二）书中前八十回，抄本各家互异。今广集核勘，准情酌理，补遗订讹。其间或有增损数字处，意在便于披阅，非敢争胜前人也。

（三）是书沿传既久，坊间缮本及诸家所藏秘稿，繁简歧出，前后错见。即如六十七回此有彼无，题同文异，燕石莫辨。兹惟择其情理较协者，取为定本。

（四）书中后四十回系就历年所得，集腋成裘，更无他本可考，惟按其前后关照者，略为修辑，使其有应接而无矛盾。至其原文，未敢臆改。俟再得善本，更为厘定，且不欲尽掩其本来面目也。

引言之末，有"壬子花朝后一日，小泉、兰墅又识"一行。兰墅即高鹗。我们看上文引的两序与引言，有应该注意的几点：

（1）高序说"闻《红楼梦》脍炙人口者，几廿余年"。引言说"前八十回，藏书家抄录传阅，几三十年"。从乾隆壬子上数三十年，为乾隆二十七年壬午（1762）。今知乾隆三十年间此书已流行，可证我上文推测曹雪芹死于乾隆三十年左右之说大概无大差错。

（2）前八十回，各本互有异同。例如引言第三条说"六十七回此有彼无，题同文异"。我们试用戚本六十七回与程本及市上各本的六十七回互校，果有许多同异之处，程本所改的似胜于戚本。大概程本当日确曾经过一番"广集各本核勘，准情酌理，补遗订讹"的工夫，故程本一出即成为定本，其余各抄本多被淘汰了。

（3）程伟元的序里说，《红楼梦》当日虽只有八十回，但原本却有一百二十卷的目录。这话可惜无从考证（戚本目录并无后四十回）。我从前想当时各抄本中大概有些是有后四十回目录的，但我现在对于这一层很有点怀疑了（说详下）。

（4）八十回以后的四十回，据高、程两人的话，是程伟元历年杂凑起来的——先得二十余卷，又在鼓担上得十余卷，又经高鹗费了几个月整理修辑的工夫，方才有这部百二十回本的《红楼梦》。他们自己说这四十回"更无他本可考"；但他们又说："至其原文，未敢臆改。"

（5）《红楼梦》直到乾隆五十六年（1791）始有一百二十回的全本出世。

（6）这个百二十回的全本最初用活字版排印，是为乾隆五十七年壬子（1792）的程本。这本又有两种小不同的印本：（一）初印本（即程甲本），"不及细校，间有纰缪"。此本我近来见过，果然有许多纰缪矛盾的地方。（二）校正印本，即我上文说的程乙本。

（7）程伟元的一百二十回本的《红楼梦》，即是这一百三十年来的一切印本《红楼梦》的老祖宗。后来的翻本，多经过南方人的批注，书中京话的特别俗语往往稍有改换；但没有一种翻本（除了戚本）不是从程本出来的。

这是我们现有的一百二十回本《红楼梦》的历史。这段历史里有一个大可研究的问题，就是"后四十回的著者究竟是谁"？

俞樾的《小浮梅闲话》里考证《红楼梦》的一条说：

《船山诗草》有"赠高兰墅鹗同年"一首云："艳情人自说《红楼》。"注云："《红楼梦》八十回以后，俱兰墅所补。"然则此书非出一手。按乡会试增五言八韵诗，始乾隆朝。而书中叙科场事已有诗，则其为高君所补，可证矣。

俞氏这一段话极重要。他不但证明了程排本作序的高鹗是实有其人，还使我们知道《红楼梦》后四十回是高鹗补的。船山即是张船山，名问陶，是乾隆、嘉庆时代的一个大诗人。他于乾隆五十三年戊申（1788）中顺天乡试举人；五十五年庚戌（1790）成进士，选庶吉士。他称高鹗为同年，他们不是庚戌同年，便是戊申同年。但高鹗若是庚戌的新进士，次年辛亥他作《〈红楼梦〉序》不会有"闲且惫矣"的话；故我推测他们是戊申乡试的同年。后来我又在《郎潜纪闻二笔》卷一里发现一条关于高鹗的事实：

嘉庆辛酉京师大水，科场改九月，诗题"百川赴巨海"……闱中罕得解。前十本将进呈，韩城王文端公以通场无知出处为憾。房考高侍读鹗搜遗卷，得定远陈黻卷，亟呈荐，遂得南元。

辛酉（1801）为嘉庆六年。据此，我们可知高鹗后来曾中进士，为侍读，且曾做嘉庆六年顺天乡试的同考官。我想高鹗既中进士，就有法子考查他的籍贯和中进士的年份了。果然我的朋友顾颉刚先生替我在《进士题名录》上查出高鹗是镶黄旗汉军人，乾隆六十年乙卯（1795）科的进士，殿试第三甲第一名。这一件引起我注意《题名录》一类的工具，我就发愤搜求这一类的书。果然我又在清代《御史题名录》里，嘉庆十四年（1809）下，寻得一条：

高鹗，镶黄旗汉军人，乾隆乙卯进士，由内阁侍读考选江南道御史，刑科给事中。

又《八旗文经》二十三有高鹗的《操缦堂诗稿跋》一篇，末署乾隆四十七年壬寅（1782）小阳月。我们可以总合上文所得关于高鹗的材料，做一个简单的《高鹗年谱》如下：

乾隆四七（1782），高鹗作《操缦堂诗稿跋》。

乾隆五三（1788），中举人。

乾隆五六至五七（1791—1792），补作《红楼梦》后四十回，并作序例。《红楼梦》百廿回全本排印成。

乾隆六〇（1795），中进士，殿试三甲一名。

嘉庆六（1801），高鹗以内阁侍读为顺天乡试的同考官，闱中与张问陶相遇，张作诗送他，有"艳情人自说《红楼》"之句；又有诗注，使后世知《红楼梦》八十回以后是他补的。

嘉庆一四（1809），考选江南道御史，刑科给事中。——自乾隆四七至此，凡二十七年。大概他此时已近六十岁了。

后四十回是高鹗补的，这话自无可疑。我们可约举几层证据如下：

第一，张问陶的诗及注，此为最明白的证据。

第二，俞樾举的"乡会试增五言八韵诗始乾隆朝，而书中叙科场事已有诗"一项，这一项不十分可靠，因为乡会试用律诗，起于乾隆二十一二年，也许那时《红楼梦》前八十回还没有作成呢。

第三，程序说先得二十余卷，后又在鼓担上得十余卷。此话便是作伪的铁证，因为世间没有这样奇巧的事！

第四，高鹗自己的序，说的很含糊，字里行间都使人生疑。大概他不愿完全埋没他补作的苦心，故引言第六条说："是书开卷略志数语，非云弁首，实因残缺有年，一旦颠末毕具，大快人心；欣然题名，聊以记成书之幸。"因为高鹗不讳他补作的事，故张船山赠诗直说他补作后四十回的事。

但这些证据固然重要，总不如内容的研究更可以证明后四十回与前八十回决不是一个人作的。我的朋友俞平伯先生曾举出三个理由来证明后四十回的回目也是高鹗补作的。他的三个理由是：（1）和第一回自叙的话都不合；（2）史湘云的丢开；（3）不合作文时的程序。这三层之中，第三层姑且不论。第一层是很明显的：《红楼梦》的开端明说"一技无成，半生潦倒"；明说"蓬牖茅椽，绳床瓦灶"；岂有到了末尾说宝玉出家成仙之理？第二层也很可注意。第三十一回的回目"因麒麟伏白首双星"，确是可怪！依此句看来，史湘云后来似乎应该与宝玉做夫妇，不应该此话全无照应。以此看来，我们可以推想后四十回不是曹雪芹作的了。

其实何止史湘云一个人？即如小红，曹雪芹在前八十回里极力描写这个攀高好胜的丫头，好容易她得着了凤姐的赏识，把她提拔上去了；但这样一个重要人才，岂可没有下场？况且小红同贾芸的感情，前面既经曹雪芹那样郑重描写，岂有完全没有结果之理？又如香菱的结果也决不是曹雪芹的本意。第五回的"十二钗副册"上写香菱结局道：

根并荷花一茎香，平生遭际实堪伤。自从两地生孤木，致使芳魂返故乡。

两地生孤木，合成"桂"字。此明说香菱死于夏金桂之手，故第八十回说香菱"血分中有病，加以气怨伤肝，内外挫折不堪，竟酿成干血之症，日渐羸瘦，饮食懒进，请医服药无效"。可见八十回的作者明明的要香菱被金桂磨折死。后四十回里却是金桂死了，香菱扶正：这岂是作者的本意吗？此外，又如第五回"十二钗正册"上说凤姐的结局道："一从二令三人木，哭向金陵事更哀。"这个谜竟无人猜得出，许多批《红楼梦》的人也都不敢下注解。所以后四十回里写凤姐的下场竟完全与这"二令三人木"无关。这个谜只好等上海灵学会把曹雪芹先生请来降坛时再来解决了！此外，又如写和尚送玉一段，文字的笨拙，令人读了作呕。又如写贾宝玉忽然肯做八股文，忽然肯去考举人，也没有道理。高鹗补《红楼梦》时，正当他中举人之后，还没有中进士。如果他补《红楼梦》在乾隆六十年（1795）之后，贾宝玉大概非中进士不可了！

以上所说，只是要证明《红楼梦》的后四十回确然不是曹雪芹作的。但我们平心而论，高鹗补的四十回，虽然比不上前八十回，也确然有不可埋没的好处。他写司棋之死，写鸳鸯之死，写妙玉的遭劫，写凤姐的死，写袭人的嫁，都是很有精采的小品文字。最可注意的是这些人都写作悲剧的下场。还有那最重要的"木石前盟"一件公案，高鹗居然忍心害理的教黛玉病死，教宝玉出家，做一个大悲剧的结束，打破中国小说的团圆迷信。这一点悲剧的眼光，不能不令人佩服。我们试看高鹗以后，那许多"续《红楼梦》"和"补《红楼梦》"的人，那一人不是想把黛玉、晴雯都从棺材里扶出来，重新配给宝玉？那一个不是想作一部"团圆"的《红楼梦》的？我们这样退一步想，就不能不佩服高鹗的补本了。我们不但佩服，还应该感谢他，因为他这部悲剧的补本，靠着那个"鼓担"的神话，居然打倒了后来无数的团圆《红楼梦》，居然替中国文字保存了一部有悲剧下场的小说！

以上是我对于《红楼梦》的"著者"和"本子"两个问题的答案。我觉得我们做《红楼梦》的考证，只能在这两个问题上着手；只能运用我们力所能搜集的材料，参考互证，然后抽出一些比较的最近情理的结论。这是考证学的方法。我在这篇文章里，处处想撇开一切先人的成见；处处存一个搜求证据的目的；处处尊重证据，让证据做向导，引我到相当的结论上去。我的许多结论也许有错误的——自从我第一次发表这篇《考证》以来，我已经改正了无数大错误了——也许有将来发现新证据后即须改正的。但我自信：这种考证的方法，除了《董小宛考》之外，是向来研究《红楼梦》的人不曾用过的。我希望我这一点小贡献，能引起大家研究《红楼梦》的兴趣，能把将来的《红楼梦》研究引上正当的轨道去：打破从前种种穿凿附会的"红学"，创造科学方法的《红楼梦》研究！

十，三，二七初稿
十，十一，十二改定稿

【附记】

初稿曾附录《寄蜗残赘》一则：

《红楼梦》一书，始于乾隆年间。……相传其书出汉军曹雪芹之手,嘉庆年间,逆犯曹纶即其孙也。灭族之祸,实基于此。

这话如果确实,自然是一段很重要的材料,因此我就去查这一桩案子的事实。

嘉庆十八年癸酉(1813),天理教的信徒林清等勾通官里的小太监,约定于九月十五日起事,乘嘉庆帝不在京城的时候,攻入禁城,占据皇宫。但他们的区区两百个乌合之众,如何能干这种大事?所以他们全失败了,林清被捕,后来被碟死。

林清的同党之中,有一个独石口都司曹纶和他的儿子曹福昌都是很重要的同谋犯,那年十月己未的上谕说:

前因正黄旗汉军兵丁曹福昌从习邪教,与知逆谋。……兹据讯明,曹福昌之父曹纶听从林清入教,经刘四等告知逆谋,允为收众接应。曹纶身为都司,以四品职官习教从逆,实属猪狗不如,罪大恶极!……

那年十一月中,曹纶等都被碟死。

清礼亲王昭梿是当日在紫禁城里的一个人,他的《啸亭杂录》卷六记此事有一段说:

有汉军独石口都司曹纶者,侍郎曹瑛后也(瑛字一本或作寅),家素贫,尝得林清佽助,遂入贼党。适之任所,乃命其子曹福昌勾结不轨之徒,许为城中内应。……曹福昌临刑时,告刽子手曰:"我是可交之人,至死不卖友以求生也!……"

《寄蜗残赘》说曹纶是曹雪芹之孙,不知是否根据《啸亭杂录》说的。我当初已疑心此曹瑛不是曹寅,况且官书明说曹瑛是正黄旗汉军,与曹寅不同旗。前天承陈筱庄先生(宝泉)借我一部《靖逆记》(兰簃外史纂,嘉庆庚辰刻),此书记林清之变很详细。其第六卷有《曹纶传》，记他家世系如下：

　　曹纶，汉军正黄旗人。曾祖金铎，官骁骑校；伯祖瑛，历官工部侍郎；祖琎，云南顺宁府知府；父廷奎，贵州安顺府同知。……廷奎三子，长绅，早卒；次维，武备院工匠；次纶，充整仪卫，擢治仪正，兼公中佐领，升独石口都司。

　　此可证《寄蜗残赘》之说完全是无稽之谈。

十，十一，十二

跋《红楼梦考证》

一

我在《红楼梦考证》的改定稿（《胡适文存》卷三，页一八五至二四九）里，曾根据于《雪桥诗话》《八旗文经》《熙朝雅颂集》三部书，考出下列的几件事：

（1）曹雪芹名霑，不是曹寅的儿子，是曹寅的孙子。（页二一二）

（2）曹雪芹后来很贫穷，穷的很不像样了。

（3）他是一个会作诗又会绘画的人。

（4）他在那贫穷的境遇里，纵酒狂歌，自己排遣那牢骚的心境。（以上页二一五至二一六）

（5）从曹雪芹和他的朋友敦诚弟兄的关系上看来，我说"我们可以断定曹雪芹死于乾隆三十年左右（约1765）"。

又说"我们可以猜想雪芹……大约生于康熙末叶（约1715—1720）；当他死时，约五十岁左右"。

我那时在各处搜求敦诚的《四松堂集》，因为我知道《四松堂集》里一定有关于曹雪芹的材料。我虽然承认杨钟羲先生（《雪桥诗话》）确是根据《四松堂集》的，但我总觉得《雪桥诗话》是"转手的证据"，不是"原手的证据"。不料上海、北京两处大索的结果，竟使我大失望。到了今年，我对于《四松堂集》已是绝望了。有一天，一家书店的伙计跑来说："《四松堂集》找着了！"我非常高兴，但是打开书来一看，原来是一部《四松草堂诗集》，不是《四松堂集》。又一天，陈肖庄先生告诉我说，他在一家书店里看见一部《四松堂集》。我说："恐怕又是四松草堂罢？"陈先生回去一看，果然又错了。

今年四月十九日，我从大学回家，看见门房里桌子上摆着一部退了色的蓝布套的书，一张斑剥的旧书笺上题着《四松堂集》四个字！我自己几乎不信我的眼力了，连忙拿来打开一看，原来真是一部《四松堂集》的写本！这部写本确是天地间唯一的孤本。因为这是当日付刻的底本，上有付刻时的校改，删削的记号。最重要的是这本子里有许多不曾收入刻本的诗文。凡是已刻的，题上都印有一个"刻"字的戳子。刻本未收的，题上都贴着一块小红笺。题下注的甲子，都被编书的人用白纸块贴去，也都是不曾刻的。——我这时候的高兴，比我前年寻着吴敬梓的《文木山房集》时的高兴，还要加好几倍了！

卷首有永（也是清宗室里的诗人，有《神清室诗稿》）、刘大观、纪昀的序，有敦诚的哥哥敦敏作的小传。全书六册，计诗两册，文两册，《鹪鹩庵笔》两册。《雪桥诗话》《八旗文经》《熙朝雅颂集》所采的诗文都是从这里面选出来的。我在《考证》里引的那首《寄怀曹雪芹》，原文题下注一"霑"字，又"扬州旧梦久已绝"一句，原本绝字作觉，下贴一笺条，注云："雪芹曾随其先祖寅织造之任。"《雪桥诗话》说曹雪芹名霑，为楝亭通政孙，即是根据于这两条注的。又此诗中"蓟门落日松亭尊"一句，尊字原本作樽，下注云："时余在喜峰口。"按敦敏作的小传，乾隆二十二年丁丑（1757），敦诚在喜峰口。此诗是丁丑年作的。又《考证》引的《佩刀质酒歌》虽无年月，但其下第二首题下注"癸未"，大概此诗是乾隆二十七年壬午作的。这两首之外，还有两首未刻的诗。

（1）赐曹芹圃（注）即雪芹

满径蓬蒿老不华，举家食粥酒常赊。衡门僻巷愁今雨，废馆颓楼梦旧家。司业青钱留客醉，步兵白眼向人斜。阿谁买与猪肝食，日望西山餐暮霞。

这诗使我们知道曹雪芹又号芹圃。前三句写家贫的状况，四句写盛衰之感（此诗作于乾隆二十六年辛巳）。

（2）挽曹雪芹（注）甲申

四十年华付杳冥，哀旌一片阿谁铭？孤儿渺漠魂应逐（注：前数月，伊子殇，因感伤成疾），新妇飘零目岂瞑？牛鬼遗文悲李贺，鹿车荷锸葬刘伶（适按，此二句又见于《鹪鹩庵笔》，杨钟羲先生从《笔》里引入《诗话》；杨先生也不曾见此诗全文）。故人惟有青山泪，絮酒生刍上旧坰。

这首诗给我们四个重要之点：

（1）曹雪芹死在乾隆二十九年甲申（1764）。我在《考证》说他死在乾隆三十年左右，只差了一年。

（2）曹雪芹死时只有"四十年华"。这自然是个整数，不限定整四十岁。但我们可以断定他的年纪不能在四十五岁以上。假定他死时年四十五岁，他的生时当康熙五十八年（1719）。《考证》里的猜测还不算大错。

关于这一点，我们应该声明一句。曹寅死于康熙五十一年（1713），下距乾隆甲申，凡五十一年。雪芹必不及见曹寅了。敦诚"寄怀曹雪芹"的诗注说"雪芹曾随其先祖寅织造之任"，有一点小误。雪芹曾随他的父亲曹在江宁织造任上。曹做织造，是康熙五十四年到雍正六年（1715—1728）；雪芹随在任上大约有十年（1719—1728）。曹家三代四个织造，只有曹寅最著名。敦诚晚年编集，添入这一条小注，那时距曹寅死时已七十多年了，故敦诚与袁枚有同样的错误。

（3）曹雪芹的儿子先死了，雪芹感伤成病，不久也死了。据此，雪芹死后，似乎没有后人。

（4）曹雪芹死后，还有一个"飘零"的"新妇"。这是薛宝钗呢，还是史湘云呢？那就不容易猜想了。

《四松堂集》里的重要材料，只是这些。此外还有一些材料，但都不重要。我们从敦敏作的小传里，又可以知道敦诚生于雍正甲寅（1734），死于乾隆戊申（1791），也可以修正我的考证里的推测。

我在四月十九日得着这部《四松堂集》的稿本。隔了两天，蔡子民先生又送来一部《四松堂集》的刻本，是他托人向晚晴簃诗社里借来的。刻本共五卷：

卷一，诗一百三十七首。

卷二，诗一百四十四首。

卷三，文三十四篇。

卷四，文十九篇。

卷五，《鸲鹆庵笔》八十一则。

果然凡底本里题上没有"刻"字的，都没有收入刻本里去。这更可以证明我的底本格外可贵了。蔡先生对于此书的热心，是我很感谢的。最有趣的是蔡先生借得刻本之日，差不多正是我得着底本之日。我寻此书近一年多了，忽然三日之内两个本子一齐到我手里！这真是"踏破铁鞋无觅处，得来全不费工夫"了。

十一，五，三

二

答蔡子民先生的商榷

蔡子民先生的《石头记索隐第六版自序》是对于我的《红楼梦考证》的一篇"商榷"。他说：

知其《红楼梦》所寄托之人物，可用三法推求：一、品性相类者。二、逸事有征者。三、姓名相关者。于是以湘云之豪放而推为其年，以惜春之冷僻而推为荪友：用第一法也。以宝玉逢魔魇而推为允礽，以凤姐哭向金陵而推为余国柱：用第二法也。以探春之名与探花有关而推为健庵，以宝琴之名与孔子学琴于师襄之故事有关而推为辟疆：用第三法也。然每举一人，率兼用三法或两法，有可推证，始质言之。其他如元春之疑为徐元文，宝蟾之疑为翁宝林，则以近于孤证，始不列入。自以为审慎之至，与随意附会者不同。近读胡适之先生《红楼梦考证》，列拙著于"附会的红学"之中，谓之"走错了道路"，谓之"大笨伯"，"笨谜"；谓之"很牵强的附会"；我实不敢承认。

  关于这一段"方法论"，我只希望指出蔡先生的方法是不适用于《红楼梦》的。有几种小说是可以采用蔡先生的方法的。最明显的是《孽海花》。这本是写时事的书，故书中的人物都可用蔡先生的方法去推求：陈千秋即是田千秋，孙汶即是孙文，庄寿香即是张香涛，祝宝廷即是宝竹坡，潘八瀛即是潘伯寅，姜表字剑云即是江标字剑霞，成煜字伯怡即是盛昱字伯熙。其次，如《儒林外史》，也有可以用蔡先生的方法去推求的。如马纯上之为冯粹中，庄绍光之为程绵庄，大概已无可疑。但这部书里的人物，很有不容易猜的；如向鼎，我曾猜是商盘，但我读完《质园诗集》三十二卷，不曾寻着一毫证据，只好把这个好谜牺牲了。又如杜少卿之为吴敬梓，姓名上全无关系；直到我寻着了《文木山房集》，我才敢相信。此外，金和跋中举出的人，至多不过可供参考，不可过于信任（如金和说吴敬梓诗集未刻，而我竟寻着乾隆初年的刻本）。《儒林外史》本是写实在人物的书，我们尚且不容易考订书中人物，这就可见蔡先生的方法的适用是很有限的了。大多数的小说是决不可适用这个方法的。历史的小说如《三国志》，传奇的小说如《水浒传》，游戏的小说如《西游记》，都是不能用蔡先生的方法来推求书中人物的。《红楼梦》所以不能适用蔡先生的方法，顾颉刚先生曾举出两个重要理由：

（1）别种小说的影射人物，只是换了他姓名，男还是男，女还是女，所做的职业还是本人的职业。何以一到《红楼梦》就会男变为女，官僚和文人都会变成宅眷？

（2）别种小说的影射事情，总是保存他们原来的关系。何以一到《红楼梦》，无关系的就会发生关系了？例如蔡先生考定宝玉为允礽，黛玉为朱竹垞，薛宝钗为高士奇，试问允礽和朱竹垞有何恋爱的关系？朱竹垞与高士奇有何吃醋的关系？

顾先生这话说的最明白，不用我来引申了。蔡先生曾说："然而安徽第一大文豪（指吴敬梓）且用之，安见汉军第一大文豪必不出此乎？"这个比例（类推）也不适用，正因为《红楼梦》与《儒林外史》不是同一类的书。用"品性，逸事，姓名"三项来推求《红楼梦》里的人物，就像用这个方法来推求《金瓶梅》里西门庆的一妻五妾影射何人：结果必是一种很牵强的附会。

我对于蔡先生这篇文章，最不敢赞同的是他的第二节。这一节的大旨是：

惟吾人与文学书，最密切之接触，本不在作者之生平，而在其著作。著作之内容，即胡先生所谓"情节"者，决非无考证之价值。

蔡先生的意思好像颇轻视那关于"作者之生平"的考证。无论如何，他的意思好像是说，我们可以不管"作者之生平"，而考证"著作之内容"。这是大错的。蔡先生引《托尔斯泰传》中说的"凡其著作无不含自传之性质；各书之主人翁……皆其一己之化身；各书中所叙他人之事，莫不与其己身有直接之关系"。试问作此传的人若不知"作者之生平"，如何能这样考证各书的"情节"

呢？蔡先生又引各家关于Faust的猜想，试问他们若不知道Goetne的"生平"，如何能猜想第一部之Gretchen为谁呢？

我以为作者的生平与时代是考证"著作之内容"的第一步下手工夫。即如《儿女英雄传》一书，用年羹尧的事做背景，又假造了一篇雍正年间的序，一篇乾隆年间的序，我们幸亏知道著者文康是咸丰同治年间人，不然，书中提及《红楼梦》的故事，又提及《品花宝鉴》（道光中作的）里的徐度香与袁宝珠，岂不都成了灵异的预言了吗？即如旧说《儒林外史》里的匡超人即是汪中，现在我们知道吴敬梓死于乾隆十九年（1754），而汪中生于乾隆九年，我们便可以断定匡超人决不是汪中了。又旧说《儒林外史》里的牛布衣即是朱草衣，现在我们知道朱草衣死在乾隆二十一二年，那时吴敬梓已死了二三年了，而《儒林外史》第二十回已叙述牛布衣之死，可见牛布衣大概另是一人了。

因此，我说，要推倒"附会的红学"，我们必须搜求那些可以考订《红楼梦》的著者、时代、版本等等的材料。向来《红楼梦》一书所以容易被人穿凿附会，正因为向来的人都忽略了"作者之生平"一个大问题。因为不知道曹家有那样富贵繁华的环境，故人都疑心贾家是指帝室的家庭，至少也是指明珠一类的宰相之家。因为不深信曹家是八旗的世家，故有人疑心此书是指斥满洲人的。因为不知道曹家盛衰的历史，故人都不信此书为曹雪芹把真事隐去的自叙传。现在曹雪芹的历史和曹家的历史既然有点明白了，我很盼望读《红楼梦》的人都能平心静气地把向来的成见暂时丢开，大家揩揩眼镜来评判我们的证据是否可靠，我们对于证据的解释是否不错。这样的批评，是我所极欢迎的。

我曾说过：我在这篇文章里，处处想撇开一切先入的成见；处处存一个搜求证据的目的；处处尊重证据，让证据做向导，引我到相当的结论上去。

此间所谓"证据"，单指那些可以考订作者、时代、版本等等的证据，并不是那些"红学家"随便引来穿凿附会的证据。若离开了作者、时代、版本等项，那么，引《东华录》与引《红礁画桨录》是同样的"不相干"；引许三礼、郭琇与引冒辟疆、王渔洋是同样的"不相干"。若离开了"作者之生平"而别求"性情相近，逸事有征，姓名相关"的证据，那么，古往今来无数万有名的人，哪一个不可以化男成女搬进大观园里去？又何止朱竹垞、徐健庵、高士奇、汤斌等几个人呢？况且板儿既可以说是廿四史，青儿既可以说是吃的韭菜，那么，我们又何妨索性说《红楼梦》是一部《草木春秋》或《群芳谱》呢？

亚里士多德在他的《尼可马铿伦理学》里（部甲，四，一〇九九a）曾说：

讨论这个学说（指柏拉图的"名象论"）使我们感觉一种不愉快，因为主张这个学说的人是我们的朋友。但我们既是爱智慧的人，为维持真理起见，就是不得已把我们自己的主张推翻了，也是应该的。朋友和真理既然都是我们心爱的东西，我们就不得不爱真理过于爱朋友了。

我把这个态度期望一切人，尤其期望我所最敬爱的蔡先生。

十一，五，十

考证《红楼梦》的新材料

一 残本《脂砚斋重评〈石头记〉》

去年我从海外归来，便接着一封信，说有一部抄本《脂砚斋重评〈石头记〉》愿让给我。我以为"重评"的《石头记》大概是没有价值的，所以当时竟没有回信。不久，新月书店的广告出来了，藏书的人把此书送到店里来，转交给我看。我看了一遍，深信此本是海内最古的《石头记》抄本，遂出了重价把此书买了。

这部脂砚斋重评本（以下称"脂本"）只剩十六回了，其目如下：

第一回至第八回

第十三回至第十六回

第二十五回至第二十八回

首页首行有撕去的一角，当是最早藏书人的图章。今存图章三方，一为"刘铨畐子重印"，一为"子重"，一为"髣眉"。第二十八回之后幅有跋五条。其一云：

《红楼梦》虽小说，然曲而达，微而显，颇得史家法。余向读世所刊本，辄逆以己意，恨不得起作者一谭。睹此册，私幸予言之不谬也。子重其宝之。青士、椿余同观于半亩园并识。乙丑孟秋。

其一云：

《红楼梦》非但为小说别开生面，直是另一种笔墨。昔人文字有翻新法，学《梵夹书》。今则写西法轮齿，仿《考工记》。如《红楼梦》实出四大奇书之外，李贽、金圣叹皆未曾见也。戊辰秋记。

此条有"福"字图章，可见藏书人名刘铨福，字子重。以下三条跋皆是他的笔迹。其一云：

《红楼梦》纷纷效颦者无一可取。唯《痴人说梦》一种及二知道人《红楼梦说梦》一种尚可玩，惜不得与佟四哥三弦子一弹唱耳。此本是《石头记》真本，批者事皆目击，故得其详也。癸亥春日白云吟客笔。（有"白云吟客"图章。）

李伯孟郎中言翁叔平殿撰有原本而无脂批，与此文不同。

又一条云：

脂砚与雪芹同时人，目击种种事，故批笔不从臆度。原文与刊本有不同处，尚留真面，惜止存八卷。海内收藏家更有副本，愿抄补全之，则妙矣。五月廿七日阅又记。（有"铨"字图章。）

另一条云：

近日又得妙复轩手批十二巨册。语虽近凿，而于《红楼梦》味之亦深矣。云客又记。（有"阿癐癐"图章。）

此批本丁卯夏借与绵州孙小峰太守,刻于湖南。

第三回有墨笔眉批一条,字迹不像刘铨福,似另是一个人。跋末云:

同治丙寅(五年,1866)季冬月左绵痴道人记。

此人不知即是上条提起的绵州孙小峰吗?但这里的年代可以使我们知道跋中所记干支都是同治初年。刘铨福得此本在同治癸亥(1863),乙丑(1865)有椿余一跋,丙寅有痴道人一条批,戊辰(1868)又有刘君的一跋。

刘铨福跋说"惜止存八卷",这一句话不好懂。现存的十六回,每回为一卷,不该说止存八卷。大概当时十六回分装八册,故称八卷;后来才合并为四册。

此书每半页十二行,每行十八字。楷书。纸已黄脆了,已经了一次装衬。第十三回首页缺去小半角,衬纸与原书接缝处印有"刘铨冨子重印"图章,可见装衬是在刘氏收得此书之时,已在六十年前了。

二 脂砚斋与曹雪芹

脂本第一回于"满纸荒唐言,一把辛酸泪"一诗之后,说:

至脂砚斋甲戌抄阅再评,仍用《石头记》。出则既明,且看石上是何故事。

"出则既明"以下与有正书局印的戚抄本相同。但戚本无此上的十五字。甲戌为乾隆十九年(1754),那时曹雪芹还不曾死。

据此,《石头记》在乾隆十九年已有"抄阅再评"的本子了。

可见雪芹作此书在乾隆十八九年之前。也许其时已成的部分止有这二十八回。但无论如何，我们不能不把《红楼梦》的著作时代移前。俞平伯先生的《红楼梦年表》（《红楼梦辨》八）把作书时代列在乾隆十九年至二十八年（1754—1763），这是应当改正的了。

脂本于"满纸荒唐言"一诗的上方有朱评云：

能解者方有辛酸之泪哭成此书。壬午除夕，书未成，芹为泪尽而逝。余尝哭芹，泪亦待尽。每意觅青埂峰再问石兄，余不遇癞头和尚何！怅怅！……甲午八月泪笔。（乾隆三九，1774）

壬午为乾隆二十七年，除夕当1763年2月12日（据陈垣《中西回史日历》检查）。

我从前根据敦诚《四松堂集》中《挽曹雪芹》一首诗下注的"甲申"二字，考订雪芹死于乾隆甲申（1764），与此本所记，相差一年余。雪芹死于壬午除夕，次日即是癸未，次年才是甲申。敦诚的挽诗作于一年以后，故编在甲申年，怪不得诗中有"絮酒生刍上旧垌"的话了。现在应依脂本，定雪芹死于壬午除夕。再依敦诚挽诗"四十年华付杳冥"的话，假定他死时年四十五，他生时大概在康熙五十六年（1717）。我的《考证》与平伯的年表也都要改正了。

这个发现使我们更容易了解《红楼梦》的故事。雪芹的父亲曹 卸织造任在雍正六年（1728），那时雪芹已十二岁，是见过曹家盛时的了。

脂本第一回叙《石头记》的来历云：

空空道人……从头至尾抄录回来，问世传奇：因空见色，由色生情，传情入色，自色悟空，遂易名为情僧，改《石头记》为《情僧录》。至吴玉峰题曰《红楼梦》；东鲁孔梅溪则题曰《风月宝鉴》。后因曹雪芹于悼红轩中披阅十载，增删五次，纂成目录，分出章回，则题曰《金陵十二钗》。

此上有眉评云：

雪芹旧有《风月宝鉴》之书，乃其弟棠村序也。今棠村已逝，余睹新怀旧，故仍因之。

据此，《风月宝鉴》乃是雪芹作《红楼梦》的初稿，有其弟棠村作序。此处不说曹棠村而用"东鲁孔梅溪"之名，不过是故意做狡狯。梅溪似是棠村的别号，此有二层根据：第一，雪芹号芹溪，脂本屡称芹溪，与梅溪正同行列。第二，第十三回"三春去后诸芳尽，各自须寻各自门"二句上，脂本有一条眉评云："不必看完，见此二句，即欲堕泪。梅溪。"顾颉刚先生疑此即是所谓"东鲁孔梅溪"。我以为此即是雪芹之弟棠村。

又上引一段中，脂本比别本多出"至吴玉峰题曰《红楼梦》"九个字。吴玉峰与孔梅溪同是故设疑阵的假名。

我们看这几条可以知道脂砚斋同曹雪芹的关系了。脂砚斋是同雪芹很亲近的，同雪芹弟兄都很相熟。我并且疑心他是雪芹同族的亲属。第十三回写秦可卿托梦于凤姐一段，上有眉评云：

"树倒猢狲散"之语，全犹在耳，曲指三十五年矣。伤哉！宁不恸杀！

又可卿提出祖茔置田产附设家塾一段上有眉评云：

语语见道，字字伤心。读此一段，几不知此身为何物矣。松斋。

又此回之末凤姐寻思宁国府中五大弊，上有眉评云：

旧族后辈受此五病者颇多。余家更甚。三十年前事，见书于三十年后，今（令？）余想恸血泪盈□（此处疑脱一字）。

又第八回贾母送秦钟一个金魁星，有朱评云：

作者今尚记金魁星之事乎？抚今思昔，肠断心摧。

看此诸条，可见评者脂砚斋是曹雪芹很亲的族人，第十三回所记宁国府的事即是他家的事，他大概是雪芹的嫡堂弟兄或从堂弟兄——也许是曹颙或曹𫖯的儿子。松斋似是他的表字，脂砚斋是他的别号。

这几条之中，第十三回之一条说：

曲指三十五年矣。

又一条说：

三十年前事，见书于三十年后。

脂本抄于甲戌（1754），其"重评"有年月可考者，有第一回（抄本页十）之"丁亥春"（1767），有上文已引之"甲午八月"（1774）。自甲戌至甲午，凡二十年。折中假定乾隆二十九年（1764）为上引几条评的年代，则上推三十五年为雍正七年（1729），曹雪芹约十三岁，其时曹刚卸任织造（1728），曹家已衰败了，但还不曾完全倒落。

此等处皆可助证《红楼梦》为记述曹家事实之书，可以摧破不少的怀疑。我从前在《红楼梦考证》里曾指出两个可注意之点：

第一，十六回凤姐谈"南巡接驾"一大段，我认为即是康熙南巡，曹寅四次接驾的故事。我说：

曹家四次接驾乃是很不常见的盛事，故曹雪芹不知不觉的——或是有意的——把他家这桩最阔的大典说了出来。（《考证》页

四一)

脂本第十六回前有总评,其一条云:

借省亲事写南巡,出脱心中多少忆昔感今!

这一条便证实了我的假设。我又曾说赵嬷嬷说的贾家接驾一次,甄家接驾四次,都是指曹家的事。脂本于本回"现在江南的甄家……接驾四次"一句之旁,有朱评云:

甄家正是大关键,大节目。勿作泛泛口头语看。

这又是证实我的假设了。

第二,我用《八旗氏族通谱》的曹家世系来比较第二回冷子兴说的贾家世次,我当时指出贾政是次子,先不袭职,又是员外郎,与曹一一相合,故我认贾政即是曹。(《考证》页四三至四四)这个假设在当时很受朋友批评。但脂本第二回"皇上……赐了这政老爹一个主事之衔,令其入部习学,如今现已升了员外郎"一段之旁有朱评云:

嫡真实事,非妄拥也。

这真是出于我自己意料之外的好证据了!

故《红楼梦》是写曹家的事,这一点现在得了许多新证据,更是颠扑不破的了。

三 秦可卿之死

第十三回记秦可卿之死,曾引起不少人的疑猜。今本(程乙本)说:

……人回东府蓉大奶奶没了。……彼时合家皆知,无不纳闷,都有些伤心。

戚本作：

彼时合家皆知，无不纳闷，都有些伤心。

坊间普通本子有一种却作：

彼时合家皆知，无不纳闷，都有些疑心。

脂本正作：

彼时合家皆知，无不纳罕，都有些疑心。

上有眉评云：

九个字写尽天香楼事，是不写之写。

又本文说：

这四十九日，单请一百单八众禅僧在大厅上拜大悲忏。……另设一坛于天香楼上。

此九字旁有夹评云：

删却，是未删之笔。

又本文云：

又听得秦氏之丫环名唤瑞珠者，见秦氏死了，她也触柱而亡。

旁有夹评云：

补天香楼未删之文。

天香楼是怎么一回事呢？此回之末，有朱笔题云：

"秦可卿淫丧天香楼"，作者用史笔也。老朽因有魂托凤姐贾家后事二件嫡是安富尊荣坐享人能想得到处，其事虽未漏，其言其意则令人悲切感服，姑赦之，因命芹溪删去。

又有眉评云：

此回只十页，因删去天香楼一节，少却四五页也。

这可见此回回目原本作:"秦可卿淫丧天香楼,王熙凤协理宁国府。"后来删去天香楼一长段,才改为"死封龙禁尉",平仄便不调了。

秦可卿是自缢死的,毫无可疑。第五回画册上明明说:

画着高楼大厦,有一美人悬梁自缢(此从脂本)。其判云:

情天情海幻情身,情既相逢必主淫。

漫言不肖皆荣出,造衅开端实在宁。

俞平伯在《红楼梦辨》里特立专章,讨论可卿之死(中卷,页一五九至一七八)。但顾颉刚引《红楼佚话》说有人见书中的焙茗,据他说,秦可卿与贾珍私通,被婢撞见,羞愤自缢死的。平伯深信此说,列举了许多证据,并且指出秦氏的丫环瑞珠触柱而死,可见撞见奸情的便是瑞珠。现在平伯的结论都被我的脂本证明了。我们虽不得见未删天香楼的原文,但现在已知道:

(1)秦可卿之死是"淫丧天香楼"。

(2)她的死与瑞珠有关系。

(3)天香楼一段原文占本回三分之一之多。

(4)此段是脂砚斋劝雪芹删去的。

(5)原文正作"无不纳罕,都有些疑心",戚本始改作"伤心"。

四 《红楼梦》的"凡例"

《红楼梦》各本皆无"凡例"。脂本开卷便有"凡例",又称"《红楼梦》旨义",其中颇有可注意的话,故全抄在下面:

凡例

《红楼梦》旨义。是书题名极多。□□《红楼梦》，是总其全部之名也。又曰《风月宝鉴》，是戒妄动风月之情。又曰《石头记》，是自譬石头所记之事也。此三名皆书中曾已点睛矣。如宝玉作梦，梦中有曲，名曰"红楼梦十二支"，此则《红楼梦》之点睛。又如贾瑞病，跛道人持一镜来，上面即錾"风月宝鉴"四字，此则《风月宝鉴》之点睛。又如道人亲眼见石上大书一篇故事，则系石头所记之往来，此则《石头记》之点睛处。然此书又名曰《金陵十二钗》，审其名则必系金陵十二女子也。然通部细搜检去，上中下女子岂止十二人哉？若云其中自有十二个，则又未尝指明白系某某。极（？）至《红楼梦》一回中亦曾翻出金陵十二钗之簿籍，又有十二支曲可考。

书中凡写长安，在文人笔墨之间，则从古之称；凡愚夫妇儿女子家常口角，则曰中京，是不欲着迹于方向也。盖天子之邦，亦当以中为尊。特避其东南西北四字样也。

此书只是着意于闺中。故叙闺中之事切，略涉于外事者则简，不得谓其不均也。

此书不敢干涉朝廷。凡有不得不用朝政者，只略用一笔带出，盖实不敢以写儿女之笔墨唐突朝廷之上也。又不得谓其不备。

以上四条皆低二格抄写。以下紧接"此书开卷第一回也，作者自云……"一长段，也低二格抄写。今本第一回即从此句起；而脂本的第一回却从"列位看官，你道此书从何而来"起。"此书开卷第一回也"以下一长段，在脂本里，明是第一回之前的引子，虽

胡适 《红楼梦》考证

可说是第一回的总评,其实是全书的"旨义",故紧接"凡例"之后,同样低格抄写。其文与今本也稍稍不同,我们也抄在"凡例"之后,凡脂本异文,皆加符号记出:

此〔书〕开卷第一回也。作者自云,〔因〕曾历过一番梦幻之后,故将真事隐去,而撰此《石头记》一书也,故曰"甄士隐梦幻识通灵"。但书中所记何事,〔又因何而撰是书哉?〕自云,〔今〕风尘碌碌,一事无成,忽念及当日所有之女子,一一细推了去,觉其行止见识皆出〔于〕我之上,〔何〕堂堂之须眉诚不若彼〔一干〕裙钗,实愧则有余,悔则无益〔之〕大无可奈何之日也!当此时,〔则〕自欲将已往所赖〔上赖〕天恩,〔下承〕祖德,锦衣纨袴之时,饫甘餍美之日,背父母教育之恩,负师兄(今本作友)规训之德,已致今日一事(今本作技)无成,半生潦倒之罪,编述一记(今本作集)以告普天下〔人〕。虽(今本作知)我之罪固不能免(此五字今本作"负罪固多"),然闺阁中〔本自〕历历有人,万不可因我不肖(此处各本多"自护己短"四字),则一并使其泯灭也。虽今日之茆椽蓬牖,瓦灶绳床,其风晨月夕,阶柳庭花,亦未有伤于我之襟怀笔墨者,何为不用假语村言,敷演出一段故事来,以悦人之耳目哉?(此一长句与今本多不同)故曰"风尘怀闺秀"。〔乃是第一回题纲正义也。开卷即云"风尘怀闺秀",则知作者本意原为记述当日闺友闺情,并非怨世骂时之书矣。虽一时有涉于世态,然亦不得不叙者,但非其本旨耳。阅者切记之。

诗曰:

浮生着甚苦奔忙？盛席华筵终散场。

悲喜千般同幻渺，古今一梦尽荒唐。

谩言红袖啼痕重，更有情痴抱恨长。

字字看来皆是血，十年辛苦不寻常。〕

　　我们读这几条凡例，可以指出几个要点：（1）作者明明说此书是"自譬石头所记之事"，明明说"系石头所记之往来"。（2）作者明明说"此书只是着意于闺中"，又说"作者本意原为记述当日闺友闺情，并非怨世骂时之书"。（3）关于此书所记地点问题，凡例中也有明白的表示。曹家几代住南京，故书中女子多是江南人，凡例中明明说"此书又名曰《金陵十二钗》，审其名则必系金陵十二女子也"。我因此疑心雪芹本意要写金陵，但他北归已久，虽然"秦淮残梦忆繁华"（敦敏赠雪芹诗），却已模糊记不清了，故不能不用北京做背景。所以贾家在北京，而甄家始终在江南。所以凡例中说，"书中凡写长安……家常口角则曰中京，是不欲着迹于方向也。……特避其东南西北字样也"。平伯与颉刚对于这个地点问题曾有很长的讨论（《红楼梦辨》，中，页五九至八十），他们的结论是"说了半天还和没有说一样，我们究竟不知道《红楼梦》是在南或是在北"（页七九）。我的答案是：雪芹写的是北京，而他心里要写的是金陵：金陵是事实所在，而北京只是文学的背景。

　　至如大观园的问题，我现在认为不成问题。贾妃本无其人，省亲也无其事，大观园也不过是雪芹的"秦淮残梦"的一境而已。

五　脂本与戚本

现行的《红楼梦》本子，百廿回本以程甲本（高鹗本）为最古，八十回本以戚蓼生本为最古，戚本更古于高本，那是无可疑的。平伯在数年前对于戚本曾有很大的怀疑，竟说他"决是辗转传抄后的本子，不但不免错误，且也不免改窜"（《红楼梦辨》，上，页一二六）。但我曾用脂砚斋残本细校戚本，始知戚本一定在高本之前，凡平伯所疑高本胜于戚本之处（页一三五至一三七），皆戚本为原文，而高本为改本。但那些例子都很微细，我在此文里不及讨论，现在要谈几个更重要之点。

我用脂本校戚本的结果，使我断定脂本与戚本的前二十八回同出于一个有评的原本，但脂本为直接抄本，而戚本是间接传抄本。

何以晓得两本同出于一个有评的原本呢？戚本前四十回之中，有一半有批评，一半没有批评；四十回以下全无批评。我仔细研究戚本前四十回，断定原底本是全有批评的，不过抄手不止一个人，有人连评抄下，有人躲懒便把评语删了。试看下表：

第一回　有评　　第二回　无评

第三回　有评　　第四回　无评

第五回　有评　　第六回　无评

第七回　有评　　第八回　无评

第九回　有评　　第十回　无评

第十一回　无评

第十二回至廿六回　有评

第廿七回至卅五回　无评

第卅六回至四十回　有评

看这个区分，我们可以猜想当时抄手有二人，先是每人分头抄一回，故甲抄手专抄奇数，便有评；乙抄手抄偶数，便无评；至十二回以下甲抄手连抄十五回，都有评；乙抄手连抄九回，都无评。

戚本前二十八回，所有评语，几乎全是脂本所有的，意思与文字全同，故知两本同出于一个有评的原底本。试更举几条例为铁证。戚本第一回云：

一家乡官，姓甄（真假之甄宝玉亦借此音，后不注）名费废，字士隐。

脂本作：

一家乡官，姓甄（真□后之甄宝玉亦借此音，后不注）名费（废），字士隐。

戚本第一条评注误把"真"字连下去读，故改"后"为"假"，文法遂不通。第二条注"废"字误作正文，更不通了。此可见两本同出一源，而戚本传抄在后。

第五回写薛宝钗之美，戚本作：

品格端方，容貌丰美，人多谓黛玉所不及（此句定评），想世人目中各有所取也。按黛玉、宝钗二人一如娇花，一如纤柳，各极其妙，此乃世人性分甘苦不同之故耳。

今检脂本，始知"想世人目中"以下四十二字都是评注，紧接"此句定评"四字之后。此更可见二本同源，而戚本在后。

平伯说戚本有脱误，上举两例便可证明他的话不错。

我因此推想得两个结论：

（1）《红楼梦》的最初底本是有评注的。

（2）最初的评注至少有一部分是曹雪芹自己作的，其余或是他的亲信朋友如脂砚斋之流的。

何以说底本是有评注的呢？脂本抄于乾隆甲戌，那时作者尚生存，全书未完，已是"重评"的了，可以见甲戌以前的底本便有评注了。戚本的评注与脂本的一部分评注全同，可见两本同出的底本都有评注。又高鹗所据底本也有评注。平伯指出第三十七回贾芸上宝玉的书信末尾写着"男芸跪书一笑"，检戚本始知"一笑"二字是评注，误入正文。程甲本如此，程乙本也如此。平伯说，"高氏所依据的抄本也有这批语，和戚本一样，这都是奇巧的事"（《红楼梦辨》，上，页一四四）。其实这并非"奇巧"，只证明高鹗的底本也出于那有评注的原本而已（高、程刻本合删评注）。

原底本既有评注，是谁作的呢？作者自加评注本是小说家的常事；况且有许多评注全是作者自注的口气，如上文引的第一回"甄"字下注云：

真□后之甄宝玉亦借此音，后不注。

这岂是别人的口气吗？又如第四回门子对贾雨村说的"护官符"口号，每句下皆有详注，无注便不可懂，今本一律删去了。今抄脂本原文如下。

上面皆是本地大族名宦之家的谚俗口碑，其口碑排写得明白，下面皆注着始祖官爵并房次。石头亦曾照样抄写一张。今据石上所抄云：

贾不假，白玉为堂金作马。（宁国、荣国二公之后，共二十房分，除宁、荣亲派八房在都外，现原籍住者十二房。）（适按：二十房，误作十二房，今依戚本改正。）

阿房宫，三百里，住不下金陵一个史。（保龄侯尚书令史公之后，房分共十八，都中现住者十房，原籍现住八房。）（适按：十八，戚本误作二十。）

丰年好大雪，珍珠如土金如铁。（紫微舍人薛公之后，现领内府帑银行商，共八房分。）

东海缺少白玉床，龙王来请金陵王。（都太尉统制县伯王公之后，共十二房，都中二房，余在籍。）（适按：在籍二字误脱，今据戚本补。）

这四条注都是作者原书所有的，现在都被删去了。脂本里，这四条注也都用朱笔写在夹缝，与别的评注一样抄写。我因此疑心这些原有的评注之中，至少有一部分是作者自己作的。又如第一回"无材补天，幻形入世"两句有评注云：

八字便是作者一生惭恨。

这样的话当然是作者自己说的。

以上说脂本与戚本同出于一个有评注的原本，而戚本传抄在后。但因为戚本传抄在后，《红楼梦》的底本已经过不少的修改了，故戚本有些地方与脂本不同。有些地方也许是作者自己改削的；但大部分的改动似乎都是旁人斟酌改动的；有些地方似是被抄写的人有意删去，或无意抄错的。

如上文引的全书"凡例",似是抄书人躲懒删去的,如翻刻书的人往往删去序跋以节省刻资,同是一种打算盘的办法。第一回序例,今本虽保存了,却删去了不少的字,又删去了那首"字字看来皆是血,十年辛苦不寻常"很好的诗。原本不但有评注,还有许多回有总评,写在每回正文之前,与这第一回的序例相像,大概也是作者自己作的。还有一些总评写在每回之后,也是墨笔楷书,但似是评书者加的,不是作者原有的了。现在只有第二回的总评保存在戚本之内,即戚本第二回前十二行及诗四句是也。此外如第六回、十三回、十四回、十五回、十六回,每回之前皆有总评,戚本皆不曾收入。又第六回、二十五回、二十六回、二十七回、二十八回,每回之后皆有"总批"多条,现在只有四条(廿七回及廿八回后)被收在戚本之内。这种删削大概是抄书人删去的。

有些地方似是有意删削改动的。如第二回说元春与宝玉的年岁,脂本作:

第二胎生了一位小姐,生在大年初一,这就奇了。不想次年又生了一位公子。

戚本便改作了:

不想后来又生了一位公子。

这明是有意改动的了。又戚本第一回写那位顽石:

一日正当嗟悼之际,俄见一僧一道远远而来,生得骨格不凡,丰神迥异,来至石下,席地而坐,长谈,见一块鲜明莹洁美玉,且又缩成扇坠大小的可佩可拿。那僧托于掌上……

这一段各本大体皆如此;但其实文义不很可通,因为上面明说是顽石,怎么忽已变成宝玉了?今检脂本,此段多出四百二十余字，全被人删掉了。其文如下：

俄见一僧一道远远而来，生得骨格不凡，丰神迥别，说说笑笑，来至峰下，坐于石边，高谈快论。先是说些云山雾海，神仙玄幻之事，后便说到红尘中荣华富贵。此石听了，不觉打动凡心，也想要到人间去享一享这荣华富贵，但自恨粗蠢，不得已，便口吐人言，向那僧道说道："大师，弟子蠢物，不能见礼了。适问（闻）二位谈那人世间荣耀繁华，心切慕之。弟子质虽粗蠢，性却稍通。况见二师仙形道体，定非凡品，必有补天济世之材，利物济人之德。如蒙发一点慈心，携带弟子，得入红尘，在那富贵场中，温柔乡里，受享几年，自当永佩洪恩，万劫不忘也。"二仙师听毕，齐憨笑道："善哉，善哉！那红尘中有却有些乐事，但不能永远依恃。况又有'美中不足，好事多魔'八个字紧相连属，瞬息间则又乐极悲生，人非物换。究竟是到头一梦，万境归空。到不如不去的好。"这石凡心已炽，那里听得进这话去？乃复苦求再四，二仙知不可强制，乃叹道："此亦静极思动，无中生有之数也。既如此，我们便携你去受享受享。只是到不得意时，切莫后悔。"石道："自然，自然。"那僧又道："若说你性灵，却又如此质蠢，并更无奇贵之处。如此，也只好踮脚而已。也罢，我如今大施佛法，助你〔一〕助。待劫终之日，复还本质，以了此案。你道好否？"石头听了，感谢不尽。那僧便念咒书符，大展幻术，将一块大石登时变成一块鲜明莹洁的美玉，且又缩成扇坠大小的可佩可拿。

这一长段，文章虽有点噜苏，情节却不可少。大概后人嫌他稍繁，遂全删了。

六　脂本的文字胜于各本

我们现在可以承认脂本是《红楼梦》的最古本，是一部最近于原稿的本子了。在文字上，脂本有无数地方远胜于一切本子。我试举几段作例。

第一例　第八回

（1）脂砚斋本

宝玉与宝钗相近，只闻一阵阵凉森森甜丝丝的幽香，竟不知系何香气。

（2）戚本

宝玉此时与宝钗就近，只闻一阵阵凉森森甜甜的幽香，竟不知是何香气。

（3）翻王刻诸本（亚东初本）（程甲本）

宝玉此时与宝钗相近，只闻一阵香气，不知是何气味。

（4）程乙本（亚东新本）

宝玉此时与宝钗挨肩坐着，只闻一阵阵的香气，不知何味。

戚本把"甜丝丝"误抄作"甜甜"，遂不成文。后来各本因为感觉此句有困难，遂索性把形容字都删去了。高鹗最后定本硬改"相近"为"挨肩坐着"，未免太露相，叫林妹妹见了太难堪！

第二例　第八回

（1）脂本

话犹未了，林黛玉已摇摇的走了进来。

（2）戚本

话犹未了，林黛玉已走了进来。

（3）翻王刻本

话犹未了，林黛玉已摇摇摆摆的来了。

（4）程乙本

话犹未完，黛玉已摇摇摆摆的进来。

原文"摇摇的"是形容黛玉的瘦弱病躯。戚本删了这三字，已是不该的了。高鹗竟改为"摇摇摆摆的"，这竟是形容詹光、单聘仁的丑态了，未免太唐突林妹妹了！

第三例　第八回

（1）脂本与戚本

黛玉……一见了（戚本无"了"字）宝玉，便笑道："嗳哟，我来的不巧了！"宝玉等忙起身笑让坐。宝钗因笑道："这话怎么说？"黛玉笑道："早知他来，我就不来了。"宝钗道："我更不解这意。"黛玉笑道："要来时一群都来，要不来一个也不来。今儿他来了，明儿我再来（戚本作"明日我来"），如此间错开了来着，岂不天天有人来了，也不至于太冷落，也不至于太热闹了？姐姐如何反不解这意思？"

（2）翻王刻本

黛玉……一见宝玉，便笑道："嗳呀！我来的不巧了！"宝玉等忙起身让坐。宝钗因笑道："这话怎么说？"黛玉道："早知他来，我就不来了。"宝钗道："我不解这意。"黛玉笑道："要来时，一齐来；要不来，一个也不来。今儿他来，明儿我来，如此间错开了来，岂不天天有人来了，也不至太冷落，也不至太热闹？姐姐如何不解这意思？"

（3）程乙本

黛玉……一见宝玉，便笑道："哎哟！我来的不巧了！"宝玉等忙起身让坐。宝钗笑道："这是怎么说？"黛玉道："早知他来，我就不来了。"宝钗道："这是什么意思？"黛玉道："什么意思呢？来呢，一齐来；不来，一个也不来。今儿他来，明儿我来，间错开了来，岂不天天有人来呢？也不至太冷落，也不至太热闹。姐姐有什么不解的呢？"

高鹗最后改本删去了两个"笑"字，便像林妹妹板起面孔说气话了。

第四例　第八回

（1）脂本

宝玉因见他外面罩着大红羽缎对衿褂子，因问："下雪了么？"地下婆娘们道："下了这半日雪珠儿了。"宝玉道："取了我的斗篷来了不曾？"黛玉便道："是不是！我来了，你就该去了！"宝玉笑道："我多早晚说要去了？不过是拿来预备着。"

（2）戚本

……地下婆娘们道："下了这半日雪珠儿。"宝玉道："取了我的斗篷来了不曾？"黛玉道："是不是！我来了，他就讲去了！"宝玉笑道："我多早晚说要去来着？不过拿来预备。"

（3）翻王刻本

……地下婆娘们说："下了这半日了。"宝玉道："取了我的斗篷来。"黛玉便笑道："是不是？我来了，你就该去了！"宝玉道："我何曾说要去？不过拿来预备着。"

（4）程乙本

……地下老婆们说："下了这半日了。"宝玉道："取了我的斗篷来。"黛玉便笑道："是不是？我来了，他就该走了！"宝玉道："我何曾说要去？不过拿来预备着。"

戚本首句脱一"了"字，末句脱一"着"字，都似是无心的脱误。"你就该去了"，戚本改的很不高明，似系误"该"为"讲"，仍是无心的错误。"我多早晚说要去了？"这是纯粹北京话。戚本改为："我多早晚说要去来着？"这还是北京话。高本嫌此话太"土"，加上一层翻译，遂没有味儿了（"多早晚"是"什么时候"）。

最无道理的是高本改"取了我的斗篷来了不曾"的问话口气为命令口气。高本删"雪珠儿"也无理由。

第五例　第八回

（1）脂本与戚本

李嬷嬷因说道："天又下雪，也好早晚的了，就在这里同姐姐妹妹一处顽顽罢。"

（2）翻王刻本

天又下雪，也要看早晚的，就在这里和姐姐妹妹一处顽顽罢。

（3）程乙本

天又下雪，也要看时候儿，就在这里和姐姐妹妹一处顽顽儿罢。

这里改的真是太荒谬了。"也好早晚的了"，是北京话，等于说"时候不很早了"。高鹗两次改动，越改越不通。高鹗是汉军旗人，应该不至于不懂北京话。看他最后定本说"时候儿"又说"顽顽儿",竟是杭州老儿打官话儿了!

这几段都在一回之中,很可以证明脂本的文学的价值远在各本之上了。

七　从脂本里推论曹雪芹未完之书

从这个脂本里的新证据,我们知道了两件已无可疑的重要事实:

(1)乾隆甲戌(1754),曹雪芹死之前九年,《红楼梦》至少已有一部分写定成书,有人"抄阅重评"了。

(2)曹雪芹死在乾隆壬午除夕(1763年2月13日)。我曾疑心甲戌以前的本子没有八十回之多,也许只有二十八回,也许只有四十回。为什么呢?因为如果甲戌以前雪芹已成八十回,那么,从甲戌到壬午,这九年之中雪芹作的是什么书?难道他没有继续此书吗?如果他续作的书是八十回以后之书,那些书稿又在何处呢?

如果甲戌已有八十回稿本流传于朋友之间,则他以后十年间续作的稿本必有人传观抄阅,不至于完全失散。所以我疑心脂本当甲戌时还没有八十回。

戚本四十回以下完全没有评注。这一点使我疑心最初脂砚斋所据有评的原本至多也不过四十回。

高鹗的壬子本引言有一条说:

如六十七回,此有彼无,题同文异。

平伯曾用戚本校高本,果见此回很大的异同。这一点使我疑心八十回本是陆续写定的。

但我仔细研究脂本的评注，和戚本所无而脂本独有的"总评"及"重评"，使我断定曹雪芹死时他已成的书稿决不止现行的八十回，虽然脂砚斋说："壬午除夕，书未成，芹为泪尽而逝。"但已成的残稿确然不止这八十回书。我且举几条证据看看。

（1）史湘云的结局，最使人猜疑。第三十一回目"因麒麟伏白首双星"一句话引起了无数的猜测。平伯检得戚本第三十一回有总评云：

后数十回，若兰在射圃所佩之麒麟，正此麒麟也。提纲伏于此回中，所谓草蛇灰线在千里之外。

平伯误认此为"后三十回的《红楼梦》"的一部分，他又猜想：

在佚本上，湘云夫名若兰，也有个金麒麟，或即是宝玉所失，湘云拾得的那个麒麟，在射圃里佩着。（《红楼梦辨》，下，页二四）

但我现在替他寻得了一条新材料。脂本第二十六回有总评云：

前回倪二、紫英、湘莲、玉菡四样侠文，皆得传真写照之笔。惜卫若兰射圃文字迷失无稿，叹叹！

雪芹残稿中有"卫若兰射圃"一段文字，写的是一种"侠文"，又有"佩麒麟"的事。若兰姓卫，后来做湘云的丈夫，故有"伏白首双星"的话。

（2）袭人与蒋琪官的结局也在残稿之内。脂本与戚本第二十八回后都有总评云：

茜香罗，红麝串，写于一回。棋官（戚本作"盖琪官"，脂本一律作棋官）虽系优人，后回与袭人供奉玉兄、宝卿，得同终始者，非泛泛之文也。

平伯也误认这是指"后三十回"佚本。这也是雪芹残稿之一部分。大概后来袭人嫁琪官之后，他们夫妇依旧"供奉玉兄、宝卿，得同终始"。高鹗续书大失雪芹本意。

（3）小红的结局，雪芹也有成稿。脂本第二十七回总评云：

凤姐用小红，可知晴雯等埋没其人久矣，无怪有私心私情。且红玉后有宝玉大得力处，此于千里外伏线也。

二十六回小红与佳蕙对话一段有朱评云：

红玉一腔委曲怨愤，系身在怡红，不能遂志，看官勿错认为芸儿害相思也。狱神庙红玉、茜雪一大回文字，惜迷失无稿。

又二十七回凤姐要红玉跟她去，红玉表示情愿。有夹缝朱评云：

且系本心本意。狱神庙回内方见。

狱神庙一回，究竟不知如何写法。但可见雪芹曾有此"一大回文字"。高鹗续书中全不提及小红，遂把雪芹极力描写的一个大人物完全埋没了。

（4）惜春的结局，雪芹似也有成文。第七回里，惜春对周瑞家的笑道：

我这里正和智能儿说，我明儿也剃了头，同他作姑子去呢。

有朱评云：

闲闲笔，却将后半部线索提动。

这可见评者知道雪芹"后半部"的内容。

（5）残稿中还有"误窃玉"的一回文字。第八回，宝玉醉了睡下，袭人摘下通灵玉来，用手帕包好，塞在褥下。这一段后有夹评云：

　　交代清楚。塞玉一段又为"误窃"一回伏线。

　　误窃宝玉的事，今本无有，当是残稿中的一部分。

　　从这些证据里，我们可以知道雪芹在壬午以前，陆续作成的《红楼梦》稿子决不止八十回，可惜这些残稿都"迷失"了。脂砚斋大概曾见过这些残稿，但别人见过此稿的大概不多了，雪芹死后遂完全散失了。

　　《红楼梦》是"未成"之书，脂砚斋已说过了。他在二十五回宝玉病愈时，有朱评云：

　　叹不得见玉兄悬崖撒手文字为恨。

　　戚本二十一回宝玉续《庄子》之前也有夹评云：

　　宝玉之情，今古无人可比，固矣。然宝玉有情极之毒，亦世人莫忍为者。看至后半部则洞明矣。……宝玉看此为世人莫忍为之毒，故后文方有"悬崖撒手"一回。若他人得宝钗之妻，麝月之婢，岂能弃而为僧哉？

　　脂本无廿一回，故我们不知道脂本有无此评。但看此评的口气，似也是原底本所有。如此条是两本所同有，那么，雪芹在早年便已有了全书的大纲，也许已"纂成目录"了。宝玉后来有"悬崖撒手""为僧"的一幕，但脂砚斋明说"叹不得见"这一回文字，大概雪芹只有此一回目，尚未有书。

　　以上推测雪芹的残稿的几段，读者可参看平伯《红楼梦辨》里论"后三十回的《红楼梦》"一长篇。平伯所假定的"后三十回"佚本是没有的。平伯的错误在于认戚本的"眉评"为原有的评注，而不知戚本所有的"眉评"是狄楚青先生所加，评中提及他的"笔记"，可以为证。平伯所猜想的佚本其实是曹雪芹自己的残稿本，可惜他和我都见不着此本了！

1928.2.12—16

（原载1928年3月10日《新月》第1卷第1号）

附：关于《红楼梦》的序跋和题记九篇

跋乾隆庚辰本《脂砚斋重评石头记》抄本

我在民国十六年（1927）买得大兴刘铨福家旧藏《脂砚斋重评石头记》残本十六回（一至八，十三至十六，二十五至二十八回），我曾作长文（《考证〈红楼梦〉的新材料》，《胡适文存三集》，页五六五至六〇六）考证那本子的价值，并且用那本子上的评语做证据，考出了一些关于曹雪芹和《红楼梦》的事实。

今年在北平得见徐星署先生所藏的《脂砚斋重评石头记》全部，凡八册。我曾用我的残本对勘了一部分，并且细检全书的评语，觉得这本子确是一个很值得研究的本子。

此本每半页十行，每行三十字"远流本"此处有胡适按语："适按：后半部每行二十八字。"每册十回，但第二册第十七回即今本第十七、十八两回，首页有批云："此回宜分二回方妥。"第十九回另页抄写，但无回目。又第七册缺两回，首页题云："内缺六十四、六十七两回。"按高鹗作百二十回《红楼梦》"引言"中说：

是书沿传既久，坊间缮本及诸家秘稿繁简歧出，前后错见。即如六十七回此有彼无，题同文异，燕石莫辨。兹惟择其情理较协者，取为定本。

此可见此本正是当日缺六十七回之一个本子。六十四回亦缺"远流本"此处有胡适按语："适按：六十四，六十七两回写尤二姐与贾琏，与凤姐的辣手，故是作者用心之作，写成最后，似是因此。（六十四回写黛玉作"五美玲"，后写贾琏送"九龙珮"给尤二姐。六十七回上半回似是杂凑，下半写凤姐知道尤二姐的事，是很重要的半回。）"可见此本应在高鹗所见各本之前。有正书局本已不缺此两回，当更在后了。

又第三册二十二回只到惜春的谜诗为止，其下全阙。上有朱批云：

此后破失，俟再补。

其下为空白一页，次页上有这些记录：

暂记宝钗制谜云：

朝罢谁携两袖烟，琴边衾里总无缘。

晓筹不用鸡人报，五夜无烦侍女添。

焦首朝朝还暮暮，煎心日日复年年。

光阴荏苒须当惜，风雨阴晴任变迁。

此回未成而芹逝矣。叹叹。

丁亥夏　畸笏叟。

有正本此回稍有补作，用了此诗做宝钗制的谜，已是改本了。今本皆根据高鹗本，删去惜春之谜，又把此诗改作黛玉的，另增入宝玉一谜，宝钗一谜，这是更晚的改补本了。

此本每册首页皆有"脂砚斋凡四阅评过"一行；第五册以下，每册首页皆有"庚辰秋定本"一行。庚辰是乾隆二十五年（1760）。八册之中，只有第二、三册有朱笔批语，其中有九十三条批语是有年月的：

己卯冬（乾隆二四，1759）二十四条

壬午（乾隆二七，1762）四十二条

乙酉（乾隆三十，1765）一条

丁亥（乾隆三二，1767）二十六条

这些批语不是原有的，是从另一个本子上抄过来的。中如"壬午"抄成了"王文"，可见转抄的痕迹。不但批语是转抄的，这本子也只是当时许多"坊间缮本"之一，错字很多，最荒谬者如"真"写成"十六"。但依二十二回及六十四，六十七回的阙文看来，此本的底本大概是一部"庚辰秋定本"，其时《红楼梦》的稿本有如下的状况：

一、二十二回未写完。

二、六十四，六十七，两回未写成。

三、十七与十八两回未分开。

四、十九回尚未有回目。八十回也未有回目。

写者又从另一本上过录了许多朱笔批语，最早的有乾隆己卯（1759）的批语，是在庚辰（1760）写定本之前；其次有壬午年（1762）批语，其时作者曹雪芹还生存，他死在壬午除夕。其余乙酉（1765）丁亥（1767）的批语，都是雪芹死后批的了。

故我们可以说此本是乾隆庚辰秋写定本的过录本，其第二、三两册又转录有乾隆己卯至丁亥的批语。这是此本的性质。

和现在所知的《红楼梦》本子相比，有如下表：

（1）过录甲戌（1754）脂砚斋评本。（胡适藏。）

（2）过录庚辰秋（1760）脂砚斋四阅评本。（即此本。）

（3）有正书局石印戚蓼生序本。（八十回皆已补全，其写定年代当更晚。）

（4）乾隆辛亥（1791）活字本。（百二十回本，我叫他做"程甲本"。）

（5）乾隆壬子（1792）活字本。（"程乙本"。）

我的甲戌本与此本有许多不同之点，如第一回之前的"凡例"，此本全无；如"凡例"后的七言律诗，此本亦无；如第一回写顽石一段，甲戌本多四百二十余字，此本全无，与有正石印戚本全同。此本与戚本最相近，但戚本已有补足的部分，故知此本的底本出于戚本之前，除甲戌本外，此本在今日可算最古本了。

甲戌本也是过录之本，其底本写于"庚辰秋定本"之前六年，尚可以考见写定之前的稿本状况，故最可宝贵。甲戌本所录批语，其年代有"甲午八月"（1774），又在此本最晚的批语（丁亥）之后七年，其中有很重要的追忆，使我们因此知道曹雪芹死在壬午除夕，知道《红楼梦》所记本事确指曹家，知道原本十三回"秦可卿淫丧天香楼"的故事，知道八十回外此书尚有一些已成的残稿（看《胡适文存三集》页五六五至六〇六；或《胡适文选》页四二八至四七〇）。

但此本的批语里也有极重要的材料，可以帮助我们考证《红楼梦》的掌故。此本的批语有本文的双行小字夹评，有每回卷首和卷尾的总评，有朱笔的行间夹评，有朱笔的眉批，有墨笔的眉批。墨笔的眉批签名"鉴堂"及"漪园",大概是后来收藏者的批语,无可供考证的材料。朱笔眉批签名的共有四人:脂砚、梅溪、松斋、畸笏(或作畸笏叟,亦作畸笏老人)。畸笏批的最多,松斋有两条,其余二人各有一条。梅溪与松斋所批与甲戌本所录相同。脂砚签名的一条批在第二十四回倪二醉遇贾芸一段上:

这一节对《水浒》记杨志卖刀遇没毛大虫一回看,觉好看多矣。

己未冬夜 脂砚。

我从前曾说脂砚斋是"同雪芹很亲近的,同雪芹弟兄都很相熟;我并且疑心他是雪芹同族的亲属"。我又说,"脂砚斋大概是雪芹的嫡堂弟兄或从堂弟兄——也许是曹颙或曹頫的儿子。松斋似是他的表字,脂砚斋是他的别号"。现在我看了此本,我相信脂砚斋即是那位爱吃胭脂的宝玉,即是曹雪芹自己。此本第二十二回记宝钗生日,凤姐点戏,上有朱批云:

凤姐点戏,脂砚执笔事,今知者聊聊(寥)矣。不怨夫!(按:末句大概当作"宁不悲夫"。)

此下又另行批云:

前批书(按:似是"知"字之误)者聊聊(寥),今丁亥夏,只剩朽物一枚,宁不痛乎!

丁亥(1767)的批语凡二十六条,其中二十四条皆署名"畸笏",此二条大概也是畸笏批的。凤姐不识字,故点戏时须别人执笔;本回虽不曾明说是宝玉执笔,而宝玉的资格最合。所以这两条批语使我们可以推测脂砚斋即是《红楼梦》的主人,也即是他的作者曹雪芹。本书第一回本来说此书是空空道人记的,"后因曹雪芹于悼红轩中披阅十载，增删五次，纂成目录，分出章回，则题曰《金陵十二钗》。并题一绝云：

满纸荒唐言，一把辛酸泪。

都云作者痴，谁解其中味？

至脂砚斋甲戌抄阅再评，仍用《石头记》"（最后十五字，各本皆无，是据甲戌本的）。甲戌本此段上有朱批云：

若云雪芹披阅增删，然后（则）开卷至此这一篇楔子又系谁撰？足见作者之笔狡猾之甚。后文如此处者不少，这正是作者用画家烟云模糊处。观者万不可被作者瞒蔽了去，方是巨眼。

此评明说雪芹是作者，而"披阅增删"是托词。在甲戌本里，作者还想故意说作者是空空道人，披阅增删者是曹雪芹，再评者另是一位脂砚斋。至庚辰写定时，删去"脂砚斋甲戌抄阅再评"字样，只称为"脂砚斋重评《石头记》"了。依甲戌本与庚辰本的款式看来，凡最初的抄本《红楼梦》必定都称为"脂砚斋重评《石头记》"。后人不知脂砚斋即是曹雪芹，又因高鹗排本全删原评，所以删去原题，后人又有改题"悼红轩原本"的，殊不知脂砚斋重评本正是悼红轩原本，如此改题正是"被作者瞒蔽了"。

"脂砚"只是那块爱吃胭脂的顽石，其为作者托名，本无可疑。原本有作者自己的评语和注语，我在前几年已说过了。今见此本，更信原本有作者自加的评注。如此本第七十八回之《芙蓉女儿诔》有许多解释文词典故的注语，如"鸠鸩恶其高，鹰鸷翻遭罦罬"，下注云：

《离骚》："鸷鸟之不群兮"，又"吾令鸩为媒兮，鸩告余以不好。雄鸠之鸣逝兮，余犹恶其佻巧"。注：鸷特立不群。鸩羽毒杀人。鸠多声，有如人之多言不实。罢罢音孚拙。《诗经》："雉罹于罢。"《尔雅》：罢谓之罦。（抄本多误，今校正。）

如"箝诐奴之口，讨（戚本作罚，程甲乙本作讨，与此本同）岂从宽"下注云：

《庄子》："箝杨墨之口。"《孟子》："诐辞知其所蔽。"

此类注语甚多，明明是作者自加的注释。其时《红楼梦》刚写定，决不会已有"《红》迷"的读者肯费这么大的气力去做此种详细的注释。所谓"脂砚斋评本"即是指那原有作者评注的底本，不是指那些有丁亥甲午评语的本子，因为甲戌本和庚辰本都已题做"脂砚斋重评"本了。

此本使我们知道脂砚即是雪芹，又使我们因此证明原底本有作者自加的评语，这都是此本的贡献。

此本有一处注语最可证明曹雪芹是无疑的《红楼梦》作者。第五十二回末页写晴雯补裘完时，"只听自鸣钟已敲了四下"。下有双行小注云：

按四下乃寅正初刻。寅此样〔写〕法，避讳也。

雪芹是曹寅的孙子，所以避讳"寅"字。此注各本皆已删去，赖有此本独存，使我们知道此书作者确是曹寅的孙子（此注大概也是自注；因已托名脂砚斋，故注文不妨填讳字了）。

我从前曾指出《红楼梦》十六回凤姐谈"南巡接驾"一大段即是追忆康熙南巡时曹寅四次接驾的故事。这个假设，在甲戌本的批语上已得著一点证据了（《文存三集》页五七四；或《文选》页四三七至四三八）。此本的南巡接驾一段也有类似的批语"咱们贾府只预备接驾一次"一句旁有朱批云：

又要瞒人。

"现在江南的甄家……独他家接驾四次"一段旁有朱批云：

点正题正文。

又批云：

真有是事，经过见过。

这更可证实我的假设了。甄家在江南，即是三代在南京做织造时的曹家；贾家即是小说里假托在京城的曹家。《红楼梦》写的故事的背景即是曹家，这南巡接驾的回忆是一个铁证，因为当时没有别的私家曾做过这样的豪举。

关于秦可卿之死，甲戌本的批语记载最明白（《文存三集》页五七五至五七九；或《文选》页四三九至四四二）。此本也有松斋、梅溪两条朱批，也有"树倒猢狲散"一条朱批，但无"秦可卿淫丧天香楼"一条总评。此本十三回末有朱笔总评云：

通回将可卿如何死故隐去，是大发慈悲心也。叹叹。壬午春。

此条与甲戌本的总评正相印证。

我跋甲戌本时，曾推论雪芹未完的书稿，推得五六事：

（1）史湘云似嫁与卫若兰，原稿有卫若兰射圃拾得金麒麟的故事。

（2）原稿有袭人与琪官的结局，他们后来供奉宝玉、宝钗，"得同终始"。

（3）原稿有小红、茜雪在狱神庙的"一大回文字"。

（4）惜春的结局在"后半部"。

（5）残稿中有"误窃玉"一回文字。

（6）原稿有"悬崖撒手"一回的回目。

此本的批语，除甲戌本及戚本所有各条之外，还有一些新材料。二十回李嬷嬷一段有朱批云：

茜雪至狱神庙方呈正文。袭人正文标昌（按，疑是"目曰"二字误写成"昌"字）"花袭人有始有终"，余只见有一次誊清时与狱神庙慰宝玉等五六稿，被借阅者迷失，叹叹。

又二十七回凤姐要挑红玉（小红在甲戌本与此本皆作红玉）跟她去一段，上有朱批云：

奸邪婢岂是怡红应答者，故即逐之。前良儿，后篆儿，便是却证作者又不得可也（有误字）。已卯冬夜。

其下又批云：

此系未见抄没狱神庙诸事，故有是批。丁亥夏畸笏。

此诸条可见在遗失之残稿里有这些事：

（甲）茜雪与小红在狱神庙一回有"慰宝玉"的事。

（乙）残稿有"花袭人有始有终"一回的正文。

（丙）残稿中有"抄没"的事。

此外第十七八合回中妙玉一段下有长注，其上有朱批云：

树（？）处引十二钗，总未的确，皆系漫拟也。至末回警幻情榜，方知正副再副及三四副芳讳。壬午季春畸笏。

壬午季春雪芹尚生存。他所拟的"末回"有警幻的"情榜"，有十二钗及副钗，再副，三四副的芳讳。这个结局大似《水浒传》的石碣，又似《儒林外史》的"幽榜"。这回迷失了，似乎于原书的价值无大损失。

又第四十二回前面有总评云：

钗玉名虽二人，人却一身，此幻笔也。今书至三十八回时已过三分之一而有余，故写是回，使二人合而为一。请看黛玉逝后宝钗之文字，便知余言不谬矣。

这一条有可注意的几点：

（1）此本之四十二回在原稿里为三十八回，相差三回之多。就算十七八九三回合为一回，尚差两回。

（2）三十八回"已过三分之一而有余"，可见原来计划全书只有一百回。

（3）原稿已有"黛玉死后宝钗之文字"，也失去了。

徐先生所藏这部庚辰秋定本，其可供考证的材料，大概不过如此。此本比我的甲戌本虽然稍晚，但甲戌本只剩十六回，而此本为八十回本，只缺两回。现今所存八十回本可以考知高鹗续书以前的《红楼梦》原书状况的，有正石印戚本之外，只有此本了。此本有许多地方胜于戚本。如第二十二回之末，此本尚保存原书残阙状态，是其最大长处。其他长处，我已说过。现在我要举出一段很有趣的文字上的异同，使人知道此本的可贵。六十八回凤姐初见尤二姐时，凤姐说的一大篇演说，在有正石印本里有涂改的痕迹；原文是半文言的，不合凤姐的口气；石印本将此段演说用细线圈去，旁注白话的改本。如原文：

怎奈二爷错会奴意。眠花卧柳之事瞒奴或可。今娶姐姐二房之大事，亦人家大礼，亦不曾对奴说。奴亦曾劝过二爷，早行此礼，以备生育。……

涂改之后，成了这样的白话：

怎奈二爷错会了我的意。若是在外包占人家姐妹，瞒着家里也罢了。今娶了妹妹做二房，这样正经大事，也是人家大礼，却不曾对我说。我也曾劝过二爷，早办这件事，果然生个一男半女，连我后来都有靠。……

　　这种涂改是谁的手笔呢？究竟文言改成白话是戚本已有的呢，还是狄平子先生翻印时改的呢？我们现在检查徐先生的抄本，凤姐演说的文字完全和石印本涂去的文字一样。而石印本改定的文字又完全和高鹗排印本一样。这可见雪芹原本有意把这段演说写作半文言的客套话，表示凤姐的虚伪。高鹗续书时，觉得那不识字的凤姐不应该说这种文诌诌的话，所以全给改成了白话。狄平子先生石印戚本时，也觉得此段戚本不如刻本的流畅，所以采用刻本来涂改戚本。但狄先生很不彻底，改了不上一叶，就不改了；所以原文凤姐叫尤二姐做"姐姐"，石印本依刻本改为"妹妹"；但下文不曾照改之处，又仍依原文叫"姐姐"，凡八九处之多。这可证石印本确是用刻本来改原本的。然而若没有此本的印证，谁能判此涂改一案呢！

　　我很感谢徐星署先生借给我这本子的好意。我盼望将来有人肯费点工夫，用石印戚本做底子，把这本的异文完全校记出来。

二十二，一，二十二夜

（原载1932年12月《国学季刊》第3卷第4号，此号实际延期出版）

脂砚斋评本《石头记》题记（三则）

1

现在的八十回《石头记》，共有三本，一为有正书局石印的戚蓼生本，一为徐星署藏的八十回抄本（我有长跋），一为我收藏的刘铨福家旧藏残本十六回（我也有长跋）。三本之中，我这本残本为最早写本，故最近于雪芹原稿，最可宝贵。今年周汝昌君（燕京大学学生）和他的哥哥借我此本抄了一个副本。我盼望这个残本将来能有影印流传的机会。

胡适　1948.12.1

2

我得此本在1927年，次年二月我写长跋，详考此本的重要性。

1933年1月我写长跋，改定徐星署藏的八十回本（缺六四、六七回，又二十二回不全）脂砚斋四阅评本。

1948年7月，我偶然在《清进士题名录》发现德清戚蓼生是乾隆三十四年（1769）三甲廿三名进士，这就提高戚本的价值了。

胡适　1949年5月8夜（在纽约）

3

王际真先生指出，俞平伯在《红楼梦辨》里已引余姚《戚氏家谱》说蓼生是三十四年进士，与《题名录》相合。

胡适　1950.1.22

（收入胡颂平《胡适之先生年谱长编初稿》第6册）

影印乾隆甲戌《脂砚斋重评石头记》的缘起

民国十六年（1927）夏天，我在上海买得大兴刘铨福旧藏的"脂砚斋甲戌抄阅再评"的《石头记》旧抄本四大册，共有十六回：第一到第八回，第十三到第十六回，第廿五到廿八回。甲戌是乾隆十九年（1754），这个抄本后来称为"甲戌本"。

民国十七年二月，我发表了一篇一万七八千字的报告，题作《考证〈红楼梦〉的新材料》。我指出这个甲戌本子是世间最古的《红楼梦》写本，前面有《凡例》四百字，有自题七言律诗，结句云"字字看来皆是血，十年辛苦不寻常"，都是流行的抄本刻本所没有的。此本每回有朱笔眉评、夹评，小字密书，其中有极重要的资料，可以考知曹雪芹的家事和他死的年月日，可以考知《红楼梦》最初稿本的状态，如第十三回作者原题"秦可卿淫丧天香楼"，后来"姑赦之"，才删去天香楼事，少却四五叶。评语里还有不少资料，可以考知《红楼梦》后半部预定的结构，如云"琪官后回与袭人供奉玉兄宝卿,得同终始"(二十八回评),如云"红玉(小红)后有宝玉大得力处"(二十七回评),此可见高鹗续作后四十回,并没有雪芹残稿本做根据。

自从《考证〈红楼梦〉的新材料》发表之后,研究《红楼梦》的人才知道搜求《红楼梦》旧抄本的重要。

民国二十二年(1933),王叔鲁先生替我借得他的亲戚徐星署先生藏的"庚辰(乾隆二十五,1760)秋定本"脂砚斋评本《石头记》八十回抄本,其实只有七十七回有零:六十四与六十七回全缺,二十二回不全,有批语说,"此回未成而芹逝矣"。我又发表了一篇《跋乾隆庚辰本脂砚斋重评〈石头记〉抄本》。我提出了一个假设的结论:"依甲戌本与庚辰本的款式看来,凡最初的抄本《红楼梦》必定都称为《脂砚斋重评石头记》。"

在这二十多年里,先后又出现了几部"脂砚斋评本",我的假设大致已得到证实了。我现在把我们知道的各种《脂砚斋重评石头记》本子做一张总表,如下:

(一)乾隆甲戌(1754)脂砚斋抄阅再评本,即此本,凡十六回,目见上。

(二)乾隆己卯(1759)冬月脂砚斋四阅评本,凡三十八回:一至二十回,三十一至四十回,六十一至七十回,内缺六十四、六十七回,是抄配的。此本我未见。

(三)乾隆庚辰(1760)秋脂砚斋四阅评本,凡七十七回有零,目见上。

以上抄本的年代皆在雪芹生前,以下抄本,皆在雪芹死后。

(四)有正书局石印的戚蓼生序本,此本也是脂砚斋评本,重抄付石印，妄题"国初抄本"，底本年代不可知，戚蓼生是乾隆三十四年己丑（1769）的进士，暂定为己丑本，凡八十回。

（五）乾隆甲辰（1784）菊月梦觉主人序本，凡八十回。此本近年在山西出现，我未见。

直到今天为止，还没有出现一部抄本比甲戌本更古的，也还没有一部抄本上面评语有甲戌本那么多的。甲戌本虽只有十六回，而朱笔细评比其他任何本子多得多（庚辰本前十一回无一条评语），其中有雪芹死后十二年的"脂批"，使我们确知他死在"壬午除夕"，像这类可宝贵的资料多不见于其他各本。

所以到今天为止，这个甲戌本还是世间最古又最可宝贵的《红楼梦》写本。

三十年来，许多朋友劝我把这个本子影印流传。我也顾虑到这个人间孤本在我手里，我有保存流传的责任。民国三十七年（1948）我在北平，曾让两位青年学人兄弟合作，用朱墨两色影抄了一本。三十七年十二月十六日，中央政府派飞机到北平接我南下，我只带出了先父遗稿的清抄本和这个甲戌本《红楼梦》。民国四十年哥伦比亚大学为此本做了显微影片：一套存在哥大图书馆，一套我送给翻译《红楼梦》的王际真先生，一套我自己留着，后来送给正在研究《红楼梦》的林语堂先生了。

今年蒙中央印制厂总经理时寿彰先生与技正罗福林先生的热心赞助，这个朱墨两色写本在中央印制厂试验影印很成功，我才决定影印五百部，使世间爱好《红楼梦》与研究《红楼梦》的人都可以欣赏这个最古写本的真面目。

曹雪芹死在乾隆二十七年壬午除夕，即1763年2月12日。再过二年的今天，就是他死后二百年的纪念了。我把这部最近于他的最初稿本的甲戌本影印行世，作为他逝世二百年纪念的一件献礼。

1961年2月12日在南港

（收入1961年5月10日胡适自印本

《乾隆甲戌脂砚斋重评〈石头记〉》）

跋乾隆甲戌《脂砚斋重评石头记》影印本

我在民国十七年（1928）已有长文报告这个脂砚斋甲戌本是"海内最古的《石头记》抄本"了。今天我写这篇介绍脂砚甲戌影印本的跋文，我止想谈谈三个问题：第一，我要指出这个甲戌本在四十年来《红楼梦》的版本研究上曾有过划时代的贡献。第二，我要指出曹雪芹在乾隆甲戌年（1754）写定的《石头记》初稿本止有这十六回。第三，我要介绍原藏书人刘铨福，并附带介绍此本上用墨笔加批的孙桐生。

一、甲戌本在《红楼梦》版本史上的地位

我们现在回头检看这四十年来我们用新眼光、新方法搜集史料来做"《红楼梦》的新研究"总成绩，我不能不承认这个脂砚斋甲戌本《石头记》是最近四十年内"新红学"的一件划时代的新发现。

这个脂砚斋甲戌本的重要性就是：在此本发现之前，我们还不知道《红楼梦》的"原本"是什么样子；自从此本发现之后，我们方才有一个认识《红楼梦》"原本"的标准，方才知道怎样访寻那种本子。

我可以举我自己做例子。我在四十年前发表的《红楼梦考证》里，就有这一大段很冒失的话：

上海有正书局石印的一部八十回本的《红楼梦》，前面有一篇德清戚蓼生的序，我们可叫他做"戚本"。……这部书的封面上题着"国初抄本红楼梦"……首页题着"原本红楼梦"。"国初抄本"四个字自然是大错的。那"原本"两字也不妥当。这本已有总评、有夹评、有韵文的评赞，又往往有"题"诗，有时又将评语抄入正文（如第二回），可见已是很晚的抄本，决不是"原本"了……"戚本"大概是乾隆时无数展转传抄本之中幸而保存的一种，可以用来参校程本，故自有他的相当价值，正不必假托"国初抄本"。

我当时就没有想象到《红楼梦》的最早本子已都有总评，有夹评，又有眉评的！所以我看见"戚本"有总评，有夹评，我就推断他已是很晚的展转传抄本，决不是"原本"。（俞平伯先生在《红楼梦辨》里也曾说"戚本""决是展转传抄后的本子，不但不免错误，且也不免改窜"。）

因为我没有想到《红楼梦》原本就是已有评注的，所以我在民国十六年（1927）差一点点就错过了收买这部脂砚甲戌本的机会！我曾很坦白地叙说我当时是怎样冒失，怎样缺乏《红楼梦》本子的知识：

去年［民国十六年（1927）］我从海外归来，接着一封信，说有一部抄本《脂砚斋重评石头记》愿让给我。我以为"重评"的《石头记》大概是没有价值的，所以当时竟没有回信。不久，新月书店的广告出来了，藏书的人把此书送到店里来，转交给我看。我看了一遍，深信此本是海内最古的《石头记》抄本，就出了重价把此书买了。

近年上海中华书局出版的"一粟"编著的《红楼梦书录》新一版，记录我买得《乾隆甲戌脂砚斋重评石头记》的故事已曲解成了这个样子：

此本刘铨福旧藏，有同治二年（1863）、七年等跋；后归上海新月书店，已发出版广告，为胡适收买，致未印行。

大概三十多年后的青年人已看不懂我说的"新月书店的广告出来了"。这句话是说：当时报纸上登出了胡适之、徐志摩、邵洵美一班文艺朋友开办新月书店的新闻及广告。那位原藏书的朋友（可惜我把他的姓名地址都丢了）就亲自把这部脂砚甲戌本送到新开张的新月书店去，托书店转交给我。那位藏书家曾读过我的《红楼梦考证》，他打定了主意要把这部可宝贝的写本卖给我，所以他亲自寻到新月书店去留下这书给我看。如果报纸上没有登出胡适之的朋友们开书店的消息，如果他没有先送书给我看，我可能就不回他的信，或者回信说我对一切"重评"的《石头记》不感兴趣……于是这部世界最古的《红楼梦》写本就永远不会到我手里，很可能就永远被埋了！

我举了我自己两次的大错误，只是要说明我们三四十年前虽然提倡搜求《红楼梦》的"原本"或接近"原本"的早期写本，但我们实在不知道曹雪芹的稿本是个什么样子，所以我们见到了那种本子，未必就能"识货"，可能还会像我那样差一点儿"失之交臂"哩。

所以这部"脂砚斋甲戌抄阅再评"的《石头记》的发现，可以说是给《红楼梦》研究划了一个新的阶段，因为从此我们有了"石头记真本"（这五个字是原藏书人刘铨福的话）做样子，有了认识《红楼梦》"原本"的样准，从此我们方才走上了搜集研究《红楼梦》的"原本""底本"的新时代了。

在报告脂砚甲戌本的长文里，我就指出了几个关于研究方法上的观察：

（一）我用脂砚甲戌本校勘戚本有评注的部分，我断定戚本是出于一部有评注的底本。

（二）程伟元、高鹗的活字排印本是全删评语与注语的，但我用甲戌本与戚本比勘程甲本与程乙本，我推断程、高排本的前八十回的原本也是有评注的抄本。

（三）我因此提出一个概括的结论：《红楼梦》的最初底本就是有评注的。那些评注至少有一部分是曹雪芹自己要说的话；其余可能是他的亲信朋友如脂砚斋之流要说的话。

这几条推断都只是要提出一个辨认曹雪芹的原本的标准。一方面，我要扫清"有总评、有夹评，决不是原本"的成见；一方面，我要大家注意像脂砚甲戌本的那样"有总评、有眉评、有夹评"的旧抄本。

果然，甲戌本发现后五六年，王克敏先生就把他的亲戚徐星署先生家藏的一部《脂砚斋重评石头记》抄本八大册借给我研究。这八大册，每册十回，每册首叶题"脂砚斋凡四阅评过"；第五册以下，每册首叶题"庚辰秋月定本"。庚辰是乾隆二十五年（1760），此本我叫作"乾隆庚辰本"，我有《跋乾隆庚辰本脂砚斋重评石头记抄本》长文（收在《胡适论学近著》第一集，即台北版《胡适文存》第四集）讨论这部很重要的抄本。这八册抄本是徐星署先生的旧藏书，徐先生是俞平伯的姻丈，平伯就不知道徐家有这部书。后来因为我宣传了脂砚甲戌如何重要，爱收小说杂书的董康、王克敏、陶湘诸位先生方才注意到向来没人注意的《脂砚斋重评本石头记》一类的抄本。大约在民国二十年（1931），叔鲁就向我谈及他的一位亲戚家里有一部脂砚斋评本《红楼梦》，直到民国二十二年我才见到那八册书。

我细看了庚辰本，我更相信我在民国十七年提出的"红楼梦的最初底本是有评注的"一个结论。我在那篇跋文里就提出了一个更具体也更概括的标准，我说：

依甲戌本与庚辰本的款式看来，凡是最初的抄本《红楼梦》必定都称为"脂砚斋重评石头记"。

我们可以用这个辨认的标准去推断"戚本"的原本必定也是一部"脂砚斋重评本"；我们也可以推断程伟元、高鹗用的前八十回"各原本"必定也都题着"脂砚斋重评本"。

近年武进陶洙家又出来了一部《乾隆己卯（二十四年，1769年）冬月脂砚斋四阅评本石头记》，止残存三十八回：第一至第二十回，第三十一至第四十回，第六十一至第七十回，其中第十七、十八回还没有分开，又缺了第六十回、六十七回，是补抄的。这本己卯本我没有见过。俞平伯的《脂砚斋红楼梦辑评》说，己卯本三十八回，其中二十九回是有脂评的。据说此本原是董康的藏书，后来归陶洙。这个己卯本比庚辰本只早一年，形式也近于庚辰本。

近年山西又出了一部乾隆四十九年甲辰（1748）菊月梦觉主人序的八十回本，没有标明"脂砚斋重评本"。

但我看俞平伯辑出的一些评语，这个甲辰本的底本显然也是一个脂砚斋重评本。此本第十九回前面有总评，说："原本评注过多……反扰正文。删去以俟观者凝思入妙，愈显作者之灵机耳。"

总计我们现在知道的红楼梦的"古本"，我们可以依各年代的先后，做一张总表如下：

（一）乾隆十九年甲戌（1754）脂砚斋抄阅再评本，止有十六回。有今年胡适影印本。

（二）乾隆二十四年己卯（1759）冬月脂砚斋四阅评本，存三十八回：第一至二十回（其中第十七、第十八两回未分开），第三十一至四十回，第六十一至七十回（缺第六十四、六十七回）。

（三）乾隆二十五年庚辰（1760）秋月定本，"脂砚斋凡四阅评过"，共八册，止有七十八回。其中第十七、第十八两回没有分开，第十七回首叶有批云："此回宜分二回方妥。"第十九回尚无回目，第八十回也尚无回目。第七册首叶有批云："内缺六十四、六十七两回。"又第二十二回未写完，末尾空叶有批云："此回未成而芹逝矣！叹叹！丁亥（乾隆三十二年，1767）夏，畸笏叟。"第七十五回的前叶有题记："乾隆二十一年（1765）五月初七日对清。缺中秋诗，俟雪芹。"此本有1955年"文学古籍刊行社"影印本，有己卯本补抄了第六十四、六十七回。

（四）上海有正书局石印的戚蓼生序的八十回本，即"戚本"。此本也是一部脂砚斋评本，石印时经过重抄。原底本的年代无可考。此本已有第六十四、六十七回了；第二十二回已补全了，故年代在庚辰本之后。因为戚蓼生是乾隆三十四年己丑（1769）的进士，我们可以暂定此本为己丑本。此本有宣统末年（1911）石印大字本，每半叶九行，每行二十字；又有民国九年（1920）及民国十六年（1927）石印小字本，半叶十五行，每行三十字。小字本是用大字本剪粘石印的。大字本前四十回有狄葆贤的眉批，指出此本与今本文字不同之处。小字本的后四十回也加上眉批，那是有正书局悬赏征文得来的校记。

（五）乾隆四十九年甲辰（1784）梦觉主人序的八十回本。此本虽然有意删削评注，但保留的评注使我们知道此本的底本也是一部脂砚斋重评本。

（六）乾隆五十六年辛亥（1791）北京萃文书屋木活字排印的《新镌全部绣像红楼梦》。这是程伟元、高鹗第一次排印的一百二十回本。我叫他做"程甲本"。"程甲本"的前八十回是依据一部或几部有脂砚斋评注的底本，后四十回是高鹗续作的。此本是后来南方各种雕刻本、铅印本、石印本的祖本。

（七）乾隆五十七年（1792）北京萃文书屋木活字排印的《新镌全部绣像红楼梦》。这是程伟元、高鹗第二次排印的"详加校阅，改订无讹"的一百二十回本。我叫他"程乙本"。因为"程甲本"一到南方就有人雕版翻刻了，这个校阅改订过的"程乙本"向来没有人翻版，直到民国十六年（1927）上海亚东图书馆才用我的"程乙本"去标点排印了一部。这部亚东排印的"程乙本"是近年一些新版的《红楼梦》的祖本，例如台北远东图书公司的排印本，香港友联出版社的排印本，台北启明书局的影印本，都是从亚东的"程乙本"出来的。

这一张《红楼梦》古本表可以使我们明白：从乾隆十九年（1754）曹雪芹还活着的时期，到乾隆五十七年（1792）——就是曹雪芹死后的第三十年，在这三十八九年之中，《红楼梦》的本子经过了好几次重大的变化：

第一，乾隆甲戌（1754）本：止写定了十六回，虽然此本里已说"曹雪芹披阅十载，增删五次"；已有"十年辛苦不寻常"的诗句。

第二，乾隆己卯（二十四年，1759）、庚辰（二十五年，1760）之间，前八十回大致写定了，故有"庚辰秋月定本"的检订。现存的"庚辰本"最可以代表雪芹死之前的前八十回稿本没有经过别人整理添补的状态。庚辰本仍旧有"披阅十载，增删五次"的话，但八十回还没有完全，还有几些残缺情形。

（一）第十七回还没有分作两回。

（二）第十九回还没有回目，还有未写定而留着空白之处（影印本二〇二叶上）。

（三）第二十二回还没有写完。

（四）第六十四回、六十七回，都还没有写。

（五）第七十五回还缺宝玉、贾环、贾兰的中秋诗。

（六）第八十回还没有定目。

第三，曹雪芹死在乾隆二十七年壬午除夕。周汝昌先生曾发现敦敏的《懋斋诗抄》残本有《小诗代简，寄曹雪芹》的诗，其前面第三首诗题着"癸未"(乾隆二十八年)二字,故他相信雪芹死在癸未除夕。我曾接受汝昌的修正。但近年那本《懋斋诗抄》影印出来了,我看那残本里的诗,不像是严格依年月编次的;况且那首"代简"只是约雪芹"上巳前三日"(三月初一)来喝酒的诗,很可能那时敦敏兄弟都还不知道雪芹已死了近两个月了。所以我现在回到甲戌本(影印本九叶至十叶)的记载,主张雪芹死在"壬午除夕"。

第四,从庚辰秋月到壬午除夕,只有两年半的光阴,在这一段时间里,雪芹(可能是因为儿子的病,可能是因为他的心思正用在试写八十回以后的书)好像没有在那大致写成的前八十回的稿本上用多大功夫,所以他死时,前八十回的稿本还是像现存的庚辰本的残缺状态。最可注意的是庚辰本第二十二回之后(影印本二五四叶)有这一条记录:

此回未成而芹逝矣!叹叹!丁亥(1767)夏。畸笏叟。

这就是说,在雪芹死后第五年的夏天,前八十回本的情形还大致像现存的庚辰本的样子。

第五,在雪芹死后的二十几年之中——大约从乾隆三十二年丁亥(1767)以后,到五十六年辛亥(1791)——有两种大同而有小异的《红楼梦》八十回稿本在北京少数人的手里流传抄写:一种稿本流传在雪芹的亲属朋友之间,大致保存雪芹死时的残缺情形,没有人敢作修补的工作,此种稿本最近于现存的庚辰本。另一种稿本流传到书坊庙市去了——"好事者每传抄一部,置庙市中,昂其值,(可)得数十金"——就有人感觉到有修残补缺的需要了,于是先修补那些容易修补的部分(第十七回分作两回,加上回目;

附:关于《红楼梦》的序跋和题记九篇

十九回也加上回目，抹去待补的空白；二十二回潦草补充；七十五回仍缺中秋诗三首；八十回补了回目）；其次补作那些比较容易补的第六十四回；最后，那很难补作的第六十七回就发生问题了。高鹗在"程乙本"的引言里说，"六十七回，此有彼无，题同文异，燕石莫辨"。可见当时庙市流传的本子，有不补六十七回的，也有试补此回而文字不相同的，戚本的六十七回就和高鹗的本子大不相同，而高本远胜于戚本。

第六，据浙江海宁学人周春（1729—1815）的《阅红楼梦随笔》，他在乾隆庚戌（五十五年，1790）秋已听人说，有人"以重价购抄本两部，一为《石头记》八十回，一为《红楼梦》一百二十回，微有异同。……壬子（五十七年，1792）冬，知吴门坊间已开雕矣"。周春在乾隆甲寅（五十九年，1794）七月记载这段话，应该可信，高鹗续作后四十回，合并前八十回，先抄成了百二十回的"全部《红楼梦》"，可能在乾隆庚戌秋天已有一百二十回的抄本出卖了。到次年辛亥（五十六年，1791），才有程伟元出钱用木活字排印，是为"程甲本"。周春说的"壬子冬，知吴门坊间已开雕矣"，那是苏州书坊得到了"程甲本"就赶紧雕版印行，他们等不及高兰墅先生"聚集各原本详加校阅，改订无讹"的"程乙本"了。

这是《红楼梦》小说从十六回的甲戌（1754）本变到一百二十回的辛亥（1791）本和壬子（1792）本的版本简史。如果没有三十多年前甲戌本的出现，如果我们没有认识《红楼梦》原本或最早写本的标准，如果没有这三十多年陆续发现的各种"脂砚斋重评本"，我们也许不会知道《红楼梦》本子演变的真相这样清楚吧？

二、试论曹雪芹在乾隆甲戌年写定的

稿本只有这十六回我在三十四年前还不敢说曹雪芹在乾隆十九年甲戌（1754）——在他死之前九年多——止写成了或写定了这十六回书。我在那时只敢说：

我曾疑心甲戌以前的本子没有八十回之多，也许只有二十八回，也许只有四十回。……如果甲戌以前雪芹已成八十回，那么，从甲戌到壬午（除夕），这九年之中雪芹作的是什么书？

我在当时看到的《红楼梦》古本很少，但我注意到高鹗的乾隆壬子（1792）本——即"程乙本"——的引言里说的"如六十七回，此有彼无，题同文异"。我就推论："这一点使我疑心八十回本是陆续写定的。"

后来我看到了庚辰（1760）本，我仔细研究了那个"庚辰秋月定本"的残缺状态——如六十四、六十七回的全缺，如第二十二回的未写完——我更相信那所谓"八十回本"不是从头一气写下去的，实在是分几个段落，断断续续写成的；到了壬午除夕雪芹死时，八十回以后止有一些无从整理的零碎残稿，就是那比较成个片段的前八十回也还没有完全写完。

最近半年里，因为我计划要影印这个甲戌本，我时常想到这个很工整的清抄本为什么只有十六回，为什么这十六回不是连续的，为什么中间缺少第九到第十二回，又缺少第十七回到第二十四回。

在我进医院的前一天，我写了一封短信给香港友联出版社的赵聪先生，在那封信里我第一次很简单地指出我的新看法：就是说，曹雪芹在乾隆十九年甲戌写成的《红楼梦》初稿只有这十六回。我说：

……故我现在不但回到我民国十七年（1928）的看法："甲戌以前的本子没有八十回之多，也许只有二十八回，也许只有四十回。"我现在进一步说：甲戌本虽然已说"披阅十载，增删五次"，其实只写成了十六回。……故我这个甲戌本真可以说是雪芹最初稿本的原样子。所以我决定影印此本流行于世。

这封短信的日子是"五十，二，二十四日下午"。在二十六七小时之后，我就因心脏病被送进台湾大学医学院的附属医院了。

今天我要把那封信里的推论及证据稍稍扩充发挥，写在这里，请研究《红楼梦》本子沿革的朋友不客气地讨论教正。

甲戌本的十六回是这样的：

第一回到第八回，缺第九到第十二回，

第十三回到第十六回，缺第十七到二十四回。

第二十五回到第二十八回。

我可以先证明第十七回到第二十四回是甲戌本没有的，是后来补写的。试看乾隆庚辰（二十五年，1760）秋月定本的状态：

（一）第十七回"大观园试才题对额，荣国府归省庆元宵"有二十七叶半之多，首叶题作"第十七回至十八回"。前面空叶上有批语一行："此回宜分二回方妥。"

（二）第十九回虽然另起一叶，但还没有回目，也还没有标明"第十九回"。

（三）庚辰本的第二十二回没有写完，只写到元春、迎春、

探春、惜春的四个灯谜,下面就没有了。下面有一叶白纸,上面写着:

暂记宝钗制谜云:

"朝罢谁携两袖烟?琴边衾里总无缘。晓筹不用鸡人报,五夜无烦侍女添。焦首朝朝还暮暮,煎心日日复年年。光阴荏苒须当惜,风雨阴晴任变迁。"

此回未成而芹逝矣!叹叹!丁亥夏,畸笏叟。

这都可见第十七、十八、十九回是很晚才写成的,所以在庚辰秋月的"定本"里,那三回还只有一个回目。第二十二回写的更晚了,直到雪芹死后多年还在未完成的状态,所以后人有不同的补本,戚本补的第二十二回就和高鹗补的大不相同(戚本保存惜春的谜,也用了宝钗的谜,还接近庚辰本;高鹗本删了惜春的谜,把宝钗的谜送给黛玉,又另作了宝钗、宝玉两人的谜)。

这样看来,甲戌本原缺的第十七到第二十四回是甲戌以后才写的,其中最晚写的是第二十二回:"此回未成而芹逝矣!"

其次,我要指出甲戌本原缺的第九到第十二回也是后来补写的,写的都很潦草,又有和甲戌本显然冲突的地方。

这几回的内容是这样的:

第九回写贾氏家塾里胡闹的情形,是八十回里很潦草的一回。

第十回写秦可卿忽然病了,写张太医诊脉开方,说"这病尚有三分治得",又说,"今年一冬是不相干的,总是过了春分,就可望痊愈了"。这就是说,秦氏不能活过春分了。

第十一回写秦氏病危了。"这年正是十一月三十日冬至。到交节的那几日,贾母、王夫人、凤姐,日日差人去看秦氏。"王夫人向贾母说，"这个症候遇着这样大节，不添病，就有好大的指望了"。过了冬至，十二月初二，凤姐奉命去看秦氏，"那脸上身上的肉全瘦干了"。凤姐从秦氏屋里出来，到尤氏上房坐下，尤氏道："你冷眼瞧媳妇是怎么样？"凤姐低了半日头，说道："这实在没法儿了。你也该将一应的后事用的东西料理料理，冲一冲也好。"

这是很明白清楚的说秦氏病危了，"实在没法儿了"，"一应的后事用的东西"都暗暗的预备好了。

这就到了第十一回的末尾了，忽然接上贾瑞"合该作死"的故事，于是第十二回整回写的是"贾瑞正照风月宝鉴"的故事——这一回里，贾瑞受了凤姐两次欺骗，得了种种重病，"诸如此症，不上一年都添全了。……倏又腊尽春回"……这分明又过了整一年了。这整一年里，竟没有人提起秦可卿的病了！

我们试把这四回的内容和甲戌本第十三回关于秦氏之死的正文、总评、眉评，对照着看，我们就可以明白前面的四回是后来补加进去的，所以其中有讲不通的重要冲突。

甲戌本的第十三回是这本子里最有史料价值的一卷，此回有几条朱笔的总评、眉评、夹评，是一切古本《红楼梦》都没有保存的资料。此回末尾有一条总评，说：

"秦可卿淫丧天香楼"，作者用史笔也。老朽因有魂托凤姐贾家后事二件，嫡是安富尊荣坐享人能（难？）想得到处；其事虽未漏，其言其意则令人悲切感服，姑赦之。因命芹溪删去。

同叶又有眉评一条：

此回只十页。因删去天香楼事，少却四五页也。

"秦可卿淫丧天香楼"的"史笔"是删去了,那八个字的旧回目也改成"秦可卿死封龙禁尉"了。但甲戌本此回的本文和脂砚评语都还保存一些"不写之写",都是其他古本《红楼梦》没有的。甲戌本写凤姐在梦里:

还欲问时,只听得二门传事云牌连叩四下,正是丧钟,将凤姐惊醒。人回东府蓉大奶奶没了。凤姐闻听,吓了一身冷汗。出了一会儿神,只得忙忙的穿衣服往王夫人处来。彼时合家皆知,无不纳罕,都有些疑心。

此本"无不纳罕,都有些疑心"之上有眉评说:

九个字写尽天香楼事,是不写之写。

那九个字,庚辰本与甲戌本完全相同。己卯本我未得见,但据俞平伯"红楼梦八十回校本"的"校字记"九五页,己卯本与庚辰本都作:

无不纳罕,都有些疑心。

戚本改作了:

无不纳闷,都有些伤心。

程甲本原作:

无不纳闷,都有些疑心。

程乙本就改作了:

无不纳闷,都有些伤心。

但因为南方的最早雕本都是依据程甲本做底本的,所以后来的刻本和铅印本、石印本,也还有作"都有些疑心"的(看俞平伯《红楼梦研究》之《论秦可卿之死》,页一七七至一七八)。但多数的流行本都改成了"无不纳闷,都有些伤心"。

附:关于《红楼梦》的序跋和题记九篇

我们现在看了甲戌、己卯、庚辰三个最古的脂砚斋评本，我们可以确知雪芹在甲戌年决心删去了"淫丧天香楼"四五叶原稿之后，还保留了"彼时合家皆知，无不纳罕，都有些疑心"十五个字的"不写之写"的史笔。

秦可卿是自缢死的，《红楼梦》的第五回画册上本来说的很清楚。画册的正册最后一幅：

画着高楼大厦，有一美人悬梁自缢（此句文字从甲戌、庚辰两本及戚本）。其判云：

情天情海幻情身，情既相逢必主淫。漫言不肖皆荣出，造衅开端实在宁。

曹雪芹在原稿里对于这位东府蓉大奶奶的种种罪过，原抱着一种很严厉的谴责态度。画册判词是一证。第五回写宝玉在秦氏屋里睡觉，是二证。第七回写焦大乱嚷乱叫："我要往祠堂里哭大爷去。那里承望到如今生下这些畜生来……爬灰的爬灰，养小叔子的养小叔子！我什么不知道！咱们胳膊折了往袖子藏。"是三证。第十三回原标"秦可卿淫丧天香楼"的回目，又直写天香楼事至四五叶之多，是四证。在甲戌本写定之前，雪芹听了他最亲信的朋友（？）的劝告，决心"姑赦之"，才删去了那四五叶直写天香楼的事，才改十三回的回目作"秦可卿死封龙禁尉"。四证之中，删去了一证。但其余三证，都保存在甲戌本及后来几个写本里。在第十三回里，雪芹还故意留着"无不纳罕，都有些疑心"九个字的史笔。

我们不必追问天香楼事的详细情形了。我现在只要指出第十三回写秦可卿突然死去，无论是甲戌以前最初稿本直写"淫丧天香楼"的史笔,或是甲戌、己卯、庚辰各本保存的"无不纳罕,都有些疑心"的委婉写法,都可以用作证据,证明甲戌写定的《石头记》稿本还没有第十回到第十一回那样详细描写秦可卿病重到垂危的几回文字。如果可卿早已病重了,早已病到"一应的后事用的东西"都已"暗暗的预备了",这样病到垂危的一个女人死了,怎么会叫人"无不纳罕,都有些疑心"呢?

所以我们很可以推断:曹雪芹写"秦可卿淫丧天香楼"的原稿的时候,他压根儿就没有想写秦氏是病死的。后来他决定删去了"淫丧天香楼"的四五叶,他才感觉到不能不给秦氏捏造出"很大的一个症候",在很短的一个冬天,就病到了要预备后事的地步。在那原空着的四回里,秦氏的病况就占了两回的地位。但因为写秦氏病状的许多文字不是雪芹原来的计划,所以越想越不像了!本来要写秦氏活过了冬至,活不过春分的,中间插进了"正照风月宝鉴"的雪芹旧稿,于是贾瑞病了一年,秦氏也就得以挨过整整一年,到贾琏送林黛玉回南去之后,凤姐才梦见秦氏,接着就是丧钟四下,人回东府蓉大奶奶没了。

试看第八回末尾写贾氏家塾"现今司塾的贾代儒乃当代之老儒",是何等郑重的描写!再看第十三回凤姐梦里秦氏说贾氏家塾,又是何等郑重的想法!何以第九回写贾氏家塾竟是那样儿戏,那样潦草呢?何以第十一回写那位"当代之老儒"和他的长孙又是那样的不堪呢?

甲戌本第一回有一长段叙说《石头记》的来历,其中说:

……空空道人……遂易名为"情僧",改《石头记》为《情僧录》。至吴玉峰题曰《红楼梦》。东鲁孔梅溪则题曰《风月宝鉴》。

甲戌本这里有朱笔眉评一条,说:

雪芹旧有《风月宝鉴》之书,乃其弟棠村序也。今棠村已逝,余睹新怀旧,故仍因之。

这一条评语是各种脂砚斋评本都没有的。这句话好像是说,《风月宝鉴》是曹雪芹写的一本短篇旧稿,有他弟弟棠村作序;那本旧稿可能是一种小型的《红楼梦》,其中可能有"正照风月宝鉴"一类的戒淫劝善的故事,故可以说是一本幼稚的《石头记》。雪芹在甲戌年写成十六回的小说初稿的时候,他"睹新怀旧",就把《风月宝鉴》的旧名保留作《石头记》许多名字的一个。在甲戌之后,他需要补作那原来缺了许久的第九回到第十二回,他不能全用那四回地位来捏造秦氏的病情,于是他很潦草的采用了他的《风月宝鉴》旧稿来填满那缺卷的一部分。因为这个故事本是从前写的,勉强插在这里,所以就顾不到前面叙说秦氏那样垂死的病情,在那时间上就不得不拖延了一整年了。

我提出这四回的内容和第十三回的种种冲突,来证明第九回到第十二回是甲戌初稿没有的,是后来补写的。

所以我近来的看法是,曹雪芹在甲戌年写定的稿本只有这十六回——第一到第八回,第十三到第十六回,第二十五到第二十八回。中间的缺卷,第九到第十二回,第十七到第二十四回,都是雪芹晚年才补写的。

三、介绍原藏书人刘铨福，附记墨笔批书人孙桐生

我在民国十六年（1927）夏天得到这部世间最古的《红楼梦》写本的时候，我就注意到首叶前三行的下面撕去了一块纸：这是有意隐没这部抄本从谁家出来的踪迹，所以毁去了最后收藏人的印章。我当时太疏忽，没有记下卖书人的姓名住址，没有和他通信，所以我完全不知道这部书在那最近几十年里的历史。

我只知道这部十六回的写本《石头记》在九十多年前是北京藏书世家刘铨福的藏书。开卷首叶有"刘铨冨子重印""子重""眉"三颗图章；第十三回首叶总评缺去大半叶，衬纸与原书接缝处印有"刘铨冨子重印"，又衬纸上印"专祖斋"方印。第二十八回之后，有刘铨福自己写的四条短跋，印有"铨""福""白云吟客""阿"四种图章。"眉"可能是一位女人的印章？"阿"不是别号，是苏州话表示大惊奇的叹词，见于唐寅题《白日升天图》的一首白话诗："只闻白日升天去，不见青天降下来。有朝一日天破了，大家齐喊'阿'！"刘铨福刻这个图章，可以表示他的风趣。

十四回首叶的方印"专祖斋"，是刘铨福家两代的书斋，"专祖"就是"砖祖"，因为他家收藏有汉朝河间献王宫里的"君子馆砖"，所以他家住宅称为"君子馆砖馆"，又称"砖祖斋"。叶昌炽《藏书纪事诗》卷六有一首记载刘铨福和他父亲刘位坦的诗，有"河间君子馆砖馆，厂肆孙公园后园"之句，叶氏自注说：

刘宽夫先生名位坦，（其子）子重名铨福，大兴人，藏极富。……先生……因得河间献王君子馆砖，名其居曰君子馆砖馆，又曰砖祖斋。所居在后孙公园。其门帖云"君子馆砖馆，孙公园后园"。今其孙尚守旧宅，而藏书星散矣。

"专祖"就是说那是砖的老祖宗。刘位坦是道光五年乙酉（1825）的拔贡，经过庭试后，"爰自比部，逮掌谏垣"，咸丰元年（1851）由御史出任湖南辰州府知府。咸丰七年（1857）他从辰州府告病回京。他死在咸丰十一年（1861）。他是一位博学的金石书画收藏家，能画花鸟，又善写篆隶。刘位坦至少有一个儿子，四个女儿。有一个女儿嫁给太原乔松年，一个女儿嫁给贵筑黄彭年，这两位刘小姐都能诗能画，她们的夫婿都是当时的名士。黄彭年《祭外舅刘宽夫先生文》（《陶楼文抄》十四）说刘位坦"博嗜广究，语必穷源，书惟求旧"，又说他"广坐论学，谓有直横，横浩以博，直一以精"，这就颇像章学诚的"横通"论了。

刘铨福字子重，号白云吟客，曾做到刑部主事。他大概生在嘉庆晚年，死在光绪初年（约当1818—1880）。在咸丰初年，他曾随他父亲到湖南辰州府任上。我在台北得看见陶一珊先生家藏的刘子重短简墨迹两大册，其中就有他在辰州写的书札。一珊在1954年影印《明清名贤百家书札真迹》两大册（也是中央印制厂承印的），其中（四四八页）收了刘铨福的短简一叶，是咸丰六年（1856）年底写的，也是辰州时期的书简。这些书简真迹的字都和他的《石头记》四条跋语的字相同，都是秀挺可喜的。《百家书札真迹》有丁念先先生所撰的小传，其中刘铨福小传偶然有些错误（一为说"刘畐字铨福"，一为说"咸同时官刑部，转湖南辰州知府"，是误把他家父子认作一个人了），但传中说他：

博学多才艺；金石、书画、诗词，无不超尘拔俗；旁及谜子、联语，亦皆匠心独运。

这几句话最能写出刘铨福的为人。

刘铨福收得这部乾隆甲戌本《石头记》是在同治二年癸亥（1863），他有癸亥春日的一条跋，说：

……此本是《石头记》真本。批者事皆目击，故得其详也。癸亥春日，白云吟客笔。

几个月之后，他又写了一跋：

脂砚与雪芹同时人，目击种种事，故批语不从臆度。原文与刊本有不同处，尚留真面。……五月二十七日阅，又记。

这两条跋最可以表示刘铨福能够认识这本子有两种特点：第一，"此本是石头记真本"。"原文与刊本有不同处，尚留真面"。第二，"批者事皆目击，故得其详"。"脂砚与雪芹同时人，目击种种事，故批笔不从臆度"。这两点都是很正确的认识。一百年前的学人能够有这样透辟的见解，的确是十分难得的。

他所以能够这样认识这个十六回写本《红楼梦》，是因为他是一个不平凡的收藏家，收书的眼光放大了，他不但收藏了各种本子的《红楼梦》，并且能欣赏《红楼梦》的文学价值。甲戌本还有他的一条跋语：

《红楼梦》非但为小说别开生面，直是另一种笔墨。昔人文字有翻新法，学梵夹书。今则写西法轮齿，仿《考工记》。如《红楼梦》实出四大奇书之外，李贽、金圣叹皆未曾见也。戊辰（同治七年，1868）秋记。

这是他得此本后第六年的跋语。他曾经细读《红楼梦》，又曾细读这个甲戌本，所以他能够欣赏《红楼梦》"直是另一种笔墨……李贽、金圣叹皆未曾见"；所以他也能够认识这部十六回的《红楼梦》残本是"《石头记》真本"，又能承认"脂砚与雪芹同时人，目击种种事，故批笔不从臆度"。

甲戌本还有两条跋语，我要做一点说明。

此本有一条跋语，是刘铨福的两个朋友写的：

《红楼梦》虽小说，然曲而达，微而显，颇得史家法。余向读世所刊本，辄逆以己意，恨不得作者一谭。睹此册，私幸予言之不谬也。子重其宝之。青士、椿馀同观于半亩园，并识。乙丑（同治四年，1865）孟秋。

青士是濮文暹，同治四年三甲十二名进士；椿馀是他的弟弟文昶，同治四年三甲五十九名进士。他们是江苏溧水人。半亩园是侍郎崇实家的园子。濮氏兄弟都是半亩园的教书先生。

还有一条跋语是刘铨福自己写的，因为这条跋提到在这个甲戌本上写了许多墨笔批语的一位四川绵州孙桐生，所以我留在最后作介绍。刘君跋云：

近日又得"妙复轩"手批十二册，语虽近凿，而于《红楼梦》味之亦深矣。云客又记。

此跋"云客又记"，大概写在癸亥两跋之后，此跋旁边有后记一条，说：

此批本丁卯（同治六年，1867）夏借与绵州孙小峰太守，刻于湖南。

我们先说那个"妙复轩"批本《红楼梦》十二巨册。"妙复轩"评本即"太平闲人"评本，果然有光绪七年（1881）湖南"卧云山馆"刻本，有同治十二年（1872）孙桐生的长序，序中说：

> 丙寅（同治五年，1866）寓都门，得友人刘子重贻以"妙复轩"《石头记》评本。逐句疏栉，细加排比……如是者五年。

刻本又有光绪辛巳（七年，1881）孙桐生题诗二首，其诗有自注云：

> 忆自同治丁卯得评本于京邸……而无正文；余为排比，添注刻本之上；又亲手合正文评语，编次抄录。……竭十年心力，始克成此完书。

这两条都可以印证刘铨福的跋语。

刻本有光绪二年（1876）孙桐生的跋文，他因为批书的"太平闲人"自题诗有"道光三十年秋八月在台湾府署评《石头记》成"的自记，就考定"太平闲人"是道光末年做台湾知府的仝卜年。这是大错的。

近年新出的一粟的《红楼梦书录》新一版（页四八至五七）著录《妙复轩评石头记》抄本一百二十回，有五桂山人的道光三十年跋文，明说批书的人是张新之，道光二十一年（1841）和他同客莆田；二十四年（1844）评本成五十卷，新之回北京去了；四五年之后，"同游台湾，居郡署……阅一载，百二十回竟脱稿……"张新之的籍贯生平无可考，可能是汉军旗人，但他不是台湾府知府，只是知府衙门里的一位幕客，这一点可以改正孙桐生的错误。

孙桐生，字小峰，四川绵州人，咸丰二年（1852）三甲一百十八名进士，翰林散馆后出知鄜县，后来做到湖南永州府知府。他辑有《国朝全蜀诗抄》。

这部甲戌本第三回二叶下贾政优待贾雨村一段，有墨笔眉评一条，说：

予闻之故老云，贾政指明珠而言，雨村指高江村（高士奇）。盖江村未遇时，因明珠之仆以进身，旋膺奇福，擢显秩。及纳兰执败，反推井而下石焉。玩此光景，则宝玉之为容若（纳兰成德）无疑。请以质之知人论世者。

同治丙寅（五年）季冬，左绵痴道人记（此下有"情主人"小印）

这位批书人就是绵州孙桐生。（刻本"妙复轩"批《红楼梦》的孙桐生也说："访诸故老，或以为书为近代明相而作，宝玉为纳兰容若。……若贾雨村，即高江村也……"）我要请读者认清他这一条长批的笔迹，因为这位孙太守在这个甲戌本上批了三十多条眉批，笔迹都像第三回二叶这条签名盖章的长批（此君的批语，第五回有十七条，第六回有五条，第七回有四条，第八回有四条，第二十八回有两条）。他又喜欢校改字，如第二回九叶上改的"疑"字；第三回十四叶上九行至十行，原本有空白，都被他填满了；又如第二回上十一行，原作"偶因一着错，便为人上人"，墨笔妄改"着错"为"回顾"，也是他的笔迹（庚辰本此句正作"偶然一着错"）。孙桐生的批语虽然没有什么高明见解，我们既已认识了他的字体，应该指出这三十多条墨笔批语都是他写的。

1961年5月18日

（收入《乾隆甲戌脂砚斋重评〈石头记〉影印本》，1961年5月台北商务印书馆出版，又载1961年6月1日台北《作品》第2卷第6期）

重印乾隆壬子本《红楼梦》序

从前汪原放先生标点《红楼梦》时，他用的是道光壬辰（1832）刻本。他不知道我藏有乾隆壬子（1792）的程伟元第二次排本。现在他决计用我的藏本做底本，重新标点排印。这件事在营业上是一件大牺牲，原放这种研究的精神是我很敬爱的，故我愿意给他做这篇新序。

《红楼梦》最初只有抄本，没有刻本。抄本只有八十回。但不久就有人续作八十回以后的《红楼梦》了。俞平伯先生从戚本八十回的评注里看出当时有一部"后三十回的《红楼梦》"（《红楼梦辨》下卷，页一至三七），这便是续书的一种。高鹗续作的四十回，也不过是续书的一种。但到了乾隆五十六年（1791）至五十七年之间，高鹗和程伟元串通起来，把高鹗续作的四十回同曹雪芹的原本八十回合并起来，用活字排成一部，又加上一篇序，说是几年之中搜集起来的原书全稿。从此以后，这部百二十回的《红楼梦》遂成了定本，而高鹗的续本也就"附骥尾以传"了（看我的《红楼梦考证》，页五三至六七；俞平伯《红楼梦辨》上卷，页一至一六二）。

程伟元的活字本有两种。第一种我曾叫作"程甲本"，是乾隆五十六年（1791）排印，次年发行的。第二种我曾叫作"程乙本"，是乾隆五十七年改订的本子。

程甲本，我的朋友马幼渔教授藏有一部。此书最先出世，一出世就风行一时，故成为一切后来刻本的祖本。南方的各种刻本，如道光壬辰的王刻本等，都是依据这个程甲本的。

但这个本子发行之后，高鹗就感觉不满意，故不久就有改订本出来。程乙本的"引言"说：

……因急欲公诸同好，故初印时不及细校，间有纰缪。今复聚集各原本，详加校阅，改订无讹。惟阅者谅之。

马幼渔先生所藏的程甲本就是那"初印"本。现在印出的程乙本就是那"聚集各原本，详加校阅，改订无讹"的本子，可说是高鹗、程伟元合刻的定本。

这个改本有许多改订修正之处，胜于程甲本。但这个本子发行在后，程甲本已有人翻刻了；初本的一些矛盾错误仍旧留在现行各本里，虽经各家批注里指出，终没有人敢改正。我试举一个最明显的例子为证。第二回冷子兴说贾家的历史，中有一段道：

第二胎生了一位小姐，生在大年初一，就奇了。不想次年又生了一位公子，说来更奇，一落胞胎，嘴里便衔下一块五彩晶莹的玉来，还有许多字迹。

后来评读此书的人，都觉得这里必有错误，因为后文第十八回贾妃省亲一段里明说"宝玉未入学之先，三四岁时，已得贾妃口传授教了几本书，识了数千字在腹中；虽为姊弟，有如母子"。这样一位长姊，何止大他一岁？所以戚本便改作：

第二胎生了一位小姐，生在大年初一日，就奇了。不想后来又生了一位公子。

这是一种改法。程甲本也作"次年"。我的程乙本便大胆地改作了：

第二胎生了一位小姐，生在大年初一，就奇了。不想隔了十几年，又生了一位公子。

这三种说法，究竟那一种是原本呢？

前年我的朋友容庚先生在冷摊上买得一部旧抄本的《红楼梦》，是有百二十回的。他不但认这本是在程本以前的抄本，竟大胆地断定百二十回本是曹雪芹的原本。他作了一篇《红楼梦的本子问题，质胡适之、俞平伯先生》（北京大学《国学周刊》第五、六、九期），举出他的抄本文字上与程甲本及亚东本不同的地方，要证明他的抄本是程本以前的曹氏原本。我去年夏间答他一信，曾指出他的抄本是全抄程乙本的，底本正是高鹗的二次改本，决不是程刻以前的原本。他举出的异文，都和程乙本完全相同。其中有一条异文就是第二回里宝玉的生年。他的抄本也作：

不想隔了十几年，又生了一位公子。

我对容先生说：凡作考据，有一个重要的原则，就是要注意可能性的大小。可能性（Probability）又叫作"几数"，又叫作"或然数"，就是事物在一定情境之下能变出的花样。把一个铜子掷在地上，或是龙头朝上，或是字朝上，可能性都是百分之五十，是均等的。把一个"不倒翁"掷在地上，他的头轻脚重，总是脚朝下的，故他有一百分的站立的可能性。试用此理来观察《红楼梦》里宝玉的生年，有二种可能：

（1）原本作"隔了十几年"，而后人改作了"次年"。

（2）原本作"次年"，而后人改为"隔了十几年"。

以常理推之，若原本既作"隔了十几年"，与第十八回所记正相照应，决无反改为"次年"之理。程乙本与抄本之改作"十几年"，正是他晚出之铁证。高鹗细察全书，看出第二回与十八回有大相矛盾的地方，他认定那教授宝玉几千字和几本书的姊姊，既然"有如母子"，至少应该比宝玉大十几岁，故他就假托参校各原本的结果，大胆地改正了。

直到今年夏间，我买得了一部乾隆甲戌（1754）抄本《脂砚斋重评石头记》残本十六回，这是曹雪芹未死时的抄本，为世间最古的抄本。第二回记宝玉的生年，果然也是：

第二胎生了一位小姐，生在大年初一，这就奇了。不想次年又生了一位公子。

这就证实了我的假定了。我曾考清朝的后妃，深信康熙、雍正、乾隆三朝没有姓曹的妃子。大概贾元妃是虚构的人物，故曹雪芹先说她比宝玉大一岁，后来越造越不像了，就不知不觉地把元妃的年纪加长了。

我再举一条重要的异文。第二回冷子兴又说：

当日宁国公、荣国公是一母同胞弟兄两个。宁公居长，生了四个儿子。

程甲本，戚本都作"四个儿子"。我的程乙本却改作了"两个儿子"。容庚先生的抄本也作"两个儿子"。这又是高鹗后来的改本，容先生的抄本又是抄高鹗改订本的。我的《脂砚斋重评石头记》残本也作"四个儿子"，可证"四个"是原文。但原文于宁国公的四个儿子，只说出长子是代化，其余三个儿子都不曾说出名字，故高鹗嫌"四个"太多，改为"两个"。但这一句却没有改订的必要。《脂砚斋》残本有夹缝朱批云：

贾蔷、贾菌之祖，不言可知矣。

高鹗的修改虽不算错，却未免多事了。

我在《红楼梦考证》里曾说：

程伟元的序里说，《红楼梦》当日虽只有八十回，但原本却有一百二十卷的目录。这话可惜无从考证（戚本目录并无后四十回）。我从前想当时各抄本中大概有些是有后四十回目录的，但我现在对于这一层很有点怀疑了。

俞平伯先生在《红楼梦辨》里，为了这个问题曾作一篇长文（卷上，页一一至二六），辨"原本回目只有八十"。他的理由很充足，我完全赞同。但容庚先生却引他的抄本第九十二回的异文做证据，很严厉地质问平伯道：

我们读第九十二回"评《女传》巧姐慕贤良，玩母珠贾政参聚散"，只觉得宝玉评《女传》，不觉得巧姐慕贤良的光景；贾政玩母珠，也不觉得参什么聚散的道理。这不是很大的漏洞吗？

使后四十回的回目系曹雪芹作的，高鹗补作，不大了解曹雪芹的原意，故此说不出来，尚可勉强说得过去。无奈俞先生想证明后四十回系高鹗补作，不能不把后四十回目一并推翻，反留下替高鹗辩护的余地。

现在把抄本关于这两段的抄下。后四十回既然是高鹗补的，干

么他自己一次二次排印的书都没有这些的话？没有这些话是否可以讲得去？请俞先生有以语我来？(《国学周刊》第六期，页十七）

容先生的抄本所有的两段异文，都是和这个程乙本完全一样的，也都是高鹗后来修改的。容先生没有看见我的程乙本，只看见了幼渔先生的程甲本，他不该武断地说高鹗"自己一次二次排印的书都没有这些话"。我们现在知道高鹗的初稿（程甲本）与现行各本同没有这两段；但他第二次改本（程乙本）确有这两段。我们把这两段分抄在这里。

（1）第一段"慕贤良"。

程甲本与后来翻此本的各本：

宝玉道："那文王后妃，是不必说了，想来是知道的。那姜后脱簪待罪；齐国的无盐虽丑，能安邦定国：是后妃里头的贤能的。若说有才的，是曹大家，班婕妤，蔡文姬，谢道韫诸人。孟光的荆钗布裙，鲍宣妻的提瓮出汲，陶侃母的截发留宾，还有画荻教子的：这是不厌贫的。那苦的里头有乐昌公主破镜重圆，苏蕙的回文感主。那孝的是更多了：木兰代父从军，曹娥投水寻父的尸首等类也多，我也说不得许多。那个曹氏的引刀割鼻，是魏国的故事。那守节的更多了，只好慢慢的讲。若是那些艳的，王嫱，西子，樊素，小蛮，绛仙等；妒的是，'秃妾发，怨洛神'……等类。文君，红拂，是女中的豪侠。"

贾母听到这里，说："彀了；不用说了。你讲的太多，他那里还记得呢？"

程乙本（容抄本同）：

宝玉便道："那文王后妃，不必说了。那姜后脱簪待罪，和齐国的无盐安邦定国：是后妃里头的贤能的。"巧姐听了，答应个"是"。宝玉又道："若说有才的，是曹大家，班婕妤，蔡文姬，谢道韫诸人。"巧姐问道："那贤德的呢？"宝玉道："孟光的荆钗布裙，鲍宣妻的提瓮出汲，陶侃母的截发留宾：这些不厌贫的，就是贤德的了。"巧姐欣然点头。宝玉道："还有苦的像那乐昌破镜，苏蕙回文。那孝的木兰代父从军，曹娥投水寻尸等类，也难尽说。"巧姐听到这些，却默默如有所思。宝玉又讲那曹氏的引刀割鼻，及那些守节的。巧姐听着，更觉肃敬起来。宝玉恐他不自在，又说："那些艳的，如王嫱，西子，樊素，小蛮，绛仙，文君，红拂都是女中的……"尚未说出，贾母见巧姐默然，便说："够了；不用说了。讲的太多，他那里记得？"

（2）第二段"参聚散"。

程甲本与后来翻此本的各本：

冯紫英道："人世的荣枯，仕途的得失，终属难定。"贾政道："像雨村算便宜的了。还有我们差不多的人家，就是甄家，从前一样的功勋，一样的世袭，一样的起居，我们也是时常来往。不多几年，他们进京来，差人到我这里请安，很还热闹。一会儿抄了原籍的家财，至今杳无音信。不知他近况若何，心下也着实惦记。看了这样，你想做官的怕不怕？"贾赦道："咱们家里再没有事的。"

程乙本（容抄本同）：

冯紫英道："人世的荣枯，仕途的得失，终属难定。"贾政道："天下事都是一个样的理哟！比如方才那珠子：那颗大的就像有福气的人是的。那些小的都托赖着他的灵气护庇着。要是那大的没有了,那些小的也就没有收揽了。就像人家儿当头人有了事,骨肉也都分离了,亲戚也都零落了,就是好朋友也都散了,转瞬荣枯,真似春云秋叶一般。你想做官有什么趣儿呢？像雨村算便宜的了。还有我们差不多的人家儿,就是甄家;从前一样功勋,一样世袭,一样起居,我们也是时常来往。不多几年,他们进京来,差人到我这里请安,还很热闹。一会儿抄了原籍的家财,至今杳无音信。不知他近况若何,心下也着实惦记着。"贾赦道："什么珠子？"贾政同冯紫英又说了一遍给贾赦听。贾赦道："咱们家是再没有事的。"

容庚先生想用这两大段异文来证明,不但后四十回的回目是曹雪芹原稿有的,并且后四十回的全文也是曹雪芹的原文。他不知道这两大段异文便是高鹗续书的铁证,也是他伪作回目的铁证。

高鹗的"引言"里明明说：

（二）书中前八十回,抄本各家互异。今广集核勘,准情酌理,补遗订讹。其间或有增损数字处,意在便于披阅,非敢争胜前人也。

（四）书中后四十回系就历年所得,集腋成裘,更无他本可考,惟按其前后关照者,略为修辑,使其有应接而无矛盾。至其原文,未敢臆改。俟再得善本,更为厘定,且不欲尽掩其本来面目也。

前八十回有"抄本各家互异",故他改动之处,如上文举出第二回里的改本,还可以假托"广集核勘"的结果。但他既明明承认"后四十回更无他本可考",又既明明宣言这四十回的原文"未敢臆改",何以又有第九十二回的大改动呢？岂不是因为他刻成初稿

（程甲本）之后，自己感觉第九十二回的内容与回目不相照应，故偷偷地自己修改了，又声明"未敢臆改"以掩其作伪之迹吗？他料定读小说的人决不会费大工夫用各种本子细细校勘。他那里料得到一百三十多年后居然有一位容庚先生肯用校勘学的工夫去校勘《红楼梦》，居然会发现他作伪的铁证呢？

　　这个程乙本流传甚少；我所知的，只有我的一部原刻本和容庚先生的一部旧抄本。现在汪原放标点了这本子，排印行世，使大家知道高鹗整理前八十回与改订后四十回的最后定本是个什么样子，这是我们应该感谢他的。

1927.11.14在上海

（收入曹雪芹著，汪原放标点《红楼梦》，1927年亚东图书馆版）

胡天猎先生影印乾隆壬子年活字版 百廿回《红楼梦》短序

胡天猎先生影印的这部百廿回《红楼梦》，确是乾隆五十七年壬子（1792）程伟元"详加校阅改订"的第二次木活字排印本，即是我所谓"程乙本"。证据很多，我只举一点。"程甲本"第二回说贾政的王夫人"第二胎生了一位小姐，生在大年初一，就奇了。不想次年又生了一位公子，说来更奇，一落胞胎，嘴里便衔下一块五彩晶莹的玉来"。后来南北雕刻本都是从"程甲本"出来的，故这一段的文字都与"程甲本"相同。我的"甲戌本"脂砚斋重评此段文字与"程甲本"相同，可见雪芹原稿本是这样的。但《红楼梦》第十八回贾妃省亲一段里明说宝玉"三四岁时，已得贾妃口传授教了几本书，识了几千字在腹中，虽为姊弟，有如母子"。这样一位长姊，何止大他一岁？所以改订的"程乙本"此句就成了"不想隔了十几年，又生了一位公子"。胡天猎先生此本正作"隔了十几年"，可证此本确是"程乙本"。

"程甲本"没有"引言"。此本有"引言"七条，尾题"壬子花朝后一日小泉兰墅又识"。小泉是程伟元，兰墅是续作后四十回的高鹗。"引言"说明"初印时不及细校，间有纰缪，今后聚集各原本，详加校阅，改订无讹"，这也是"程乙本"独有的标记。

1927年，上海亚东图书馆用我的一部"程乙本"做底本，出了一部《红楼梦》的重排印本，这是"程乙本"第一次的重排本。1959年台北远东图书公司出版的《红楼梦》，就是用亚东图书馆的本子排印的。

1960年香港友联出版社的赵聪先生校点的《红楼梦》，也是用亚东本做底本的。据赵聪先生的《重印〈红楼梦〉序》说，上海"作家出版社"曾在1953年及1957年出了两部《红楼梦》排印本，也都是用"程乙本"做底本的，可能都是用亚东本重排的。

这就是说，"程乙本"在最近三四十年里，至少已有了五个重排印本了。可是"程乙本"本身，只有极少的几个人曾经见到。赵聪先生说："程乙本的原排本，现在差不多已成了世间的孤本，事实上我们已不可能再见到。"

胡天猎先生收藏旧小说很多，可惜他只带了很少的一部分出来，其中居然有这一部原用木活字排印的"程乙本"《红楼梦》！现在他把这部"程乙本"影印流行，使世人可以看看一百七十年前程伟元、高鹗"详加校阅改订"的《红楼梦》是个什么样子。这是

《红楼梦》版本上一件很值得欢迎赞助的大好事,所以我很高兴的写这篇短序来欢迎这个影印本。

1961年2月12日,曹雪芹死后整一百九十八年的纪念日
胡适在南港

(收入《影印乾隆壬子年木活字本百廿回〈红楼梦〉》,1961年台北青云山庄出版社出版)

跋子水藏的有正书局石印的戚蓼生序本《红楼梦》的小字本

狄平子（葆贤）加评石印的戚蓼生序本八十回《红楼梦》有大字本与小字本的分别。我用傅孟真原藏的大字本比勘毛子水的小字本，可以指出两本的同异有这几点：

（一）大字本每半页九行，行二十字，小字本每半页十五行，行三十字。

（二）小字本是用大字本剪粘石印的，故文字完全相同，断句的圈子也完全相同，只有一叶例外，就是六十八回凤姐初见尤二姐的谈话，狄平子似嫌原本太多文言，不像那位识字不多的王熙凤的口气，所以曾用程伟元、高鹗的改本来涂改原本。但只涂改了十四行（六十八回二叶上九行至二叶下四行），这涂改的部分不好剪粘重印，所以小字本的六十八回第二叶的下半叶是重抄了通行本的文字付石印的。改本的白话比原本的文字加多了，故此半叶的行款很不整齐，还是半叶十五行，但每行字数从三十字到三十五字不等（参看《胡适文存》第四集卷三《跋庚辰本脂砚斋重评〈石头记〉》的最后部分）。

（三）大字本原分前后两集出版，前集四十回上方往往有狄平子的批评，往往指出此本与流行本文字上的不同。后集四十回则无一条评语。后集第一册的封面后页有"征求批评"的广告一页：

此书前集四十回，曾将与今本不同之点略为批出。此后集四十回中之优点，欲求阅者寄稿，无论顶批总批，只求精意妙论，一俟再版时即行加入。兹定润例如下：

一等每千字十元

二等每千字六元

三等每千字五元

再前集四十回中批语过简，倘蒙赐批，一律欢迎。

上海望平街有正书局启

这在当时是很高的报酬，所以小字本四十一回以后每回都有批语，大都是指此本与通行本的文字的不同。这是小字本的特别长处，值得特别指出。

（四）大陆上新出的《红楼梦书录》，其"版本"部分著录此本的大字本，说是"民国元年"（1912）石印的。这似是错的；若是民国元年印出的，书名不会题"国初抄本"了。孟真藏本没有初版年月。此书初印可能在宣统年间。

《书录》记小字本初印在民国九年（1920），再版在1927年。子水此本末叶题"中华民国十六年（1927）五月贰版"。

《书录》说小字本"系据大字本重新誊录上石"，也是错的，说见上文。

1961年5月6日适之

有几处（十一，十二回），我曾用庚辰本给此本校补脱文，略示此本虽然出于一个很早的抄本，但有不少的缺点，因为石印时经过重抄，我们不知道这些缺点是出于原抄本，还是由于重抄时的错误。

戚蓼生是乾隆三十四年己丑（1769）的进士，做到福建按察使。周汝昌有详考。

（收入《胡适手稿》第九集）

俞平伯的《红楼梦辨》

林语堂先生从哥大图书馆借出一本俞平伯的《红楼梦辨》原版，是民国十二年（1923）四月出版的，纸张已破烂到不可手触的状态了，所以哥大图书馆已不许出借，语堂托了馆里职员代他借得。

三十多年没看见这本书了，今天见了颇感觉兴趣。有一些记录，在当年不觉得有何特别意义，在三十多年后就很有历史意味了。

如顾颉刚序中说《红楼梦辨》的历史，从我的《红楼梦考证》的初稿（1921年3月下旬）写成之后，那时候北京国立学校正为了索薪罢课，颉刚有工夫常到京师图书馆去替我查书。

平伯向来欢喜读《红楼梦》……常到我的寓里探询我们找到的材料。……我同居的潘介泉是熟读《红楼梦》的人，我们有什么不晓得的地方，问了他，他总可以回答出来。我南旋的前几天，平伯、介泉和我到华乐园去看戏。我们到了园中，只管翻看《栋亭诗集》，杂讲《红楼梦》，几乎不曾看戏。

颉刚记平伯给他的第一封信是在4月27日，那时颉刚已回南。

从此以后，我们一星期必作一长信，适之先生和我也常常通信。……适之先生常常有新的材料发现；但我和平伯都没找着历史上的材料，所以专在《红楼梦》的本文上用力，尤其注意的是高鹗的续书。平伯来信屡屡对于高鹗不得曹雪芹原意之处痛加攻击。我因为受了阎若璩辨《古文尚书》的暗示，专想寻出高鹗续作的根据，看后四十回与前八十回如何联络。

我的结论是：高氏续作之先，曾对于本文用过一番功夫，因误会而弄错固是不免，但他决不敢自出主张，变换曹雪芹的意思。

平伯……很反对我，说我做高鹗的辩护士。他到后来说：弟不敢菲薄兰墅，却认定他与雪芹的性格差得太远了，不适宜于续《红楼梦》（6月18日）。后来他又说：

我向来对于兰墅深致不满，对于他假传圣旨这一点尤不满意。现在却不然了。那些社会上的糊涂虫，非拿"原书""孤本"这类鬼话吓他们一下不可。不然，他们正发了"团圆"迷，高君所补不够他们的一骂呢！（8月8日）

这都是1921年（民国十年）的事。颉刚说，他们（可能我在内）的信稿，不到四个月，已经装订成好几本。

我的《红楼梦考证》初稿的年月是民国十年（1921）三月廿七。我的《考证》改定稿是同年十一月十二日写定的。平伯、颉刚的讨论——实在是他们和我三个人的讨论——曾使我得到很多好处。其中一个最明显的益处是我在初稿里颇相信程伟元活字本序里"原本目录一百二十卷"一句话，我曾推想当时各种抄本之中大概有些是有后四十回的目录的，我在改定稿里就"很有点怀疑了"，

附：关于《红楼梦》的序跋和题记九篇

并且引了平伯举出的三个理由来证明后四十回的回目也是高鹗补作的。平伯的三个理由：（一）和第一回自叙的话不合；（二）湘云的丢开；（三）不合作文时的程序。我接着指出小红、香菱、凤姐三人在后四十回里的地位与结局似乎都不是雪芹的原意。

颉刚序文里提到"去年（1922）二月，蔡孑民先生发表他对于《红楼梦考证》的答辩"。此指蔡先生的《石头记索隐》第六版自序，我竟不记得此序出版的年月了。我的答复的年月是十一年（1922）五月十日。

颉刚序中说：

平伯看见了（蔡先生）这篇，就在《时事新报》上发表一篇回驳的文字，同时他寄我一信，告我一点大概，并希望我和他合做《红楼梦》的辩证，就把当时的通信整理成为一部书。……

我三月中南旋，平伯就于四月中从杭州来（苏州）看我。……我……劝他独力担任这事。……夏初平伯到美国去，在上海候船……那时他的全稿已完成了，交与我代觅抄写的人，并切嘱我代他校勘。……（后来）平伯又因病回国了，我就把全稿寄回北京，请他自校。

颉刚的序的年月是1923年3月5日。平伯自己的《引论》题着"1922.7.8"。全书出版的年月是十二年（1923）四月。

颉刚序中末节表示三个愿望。其第一段最可以表示当时一辈学人对于我的《红楼梦考证》的"研究的方法"的态度：

……红学研究了近一百年，没有什么成绩。适之先生做了《红楼梦考证》之后，不过一年，就有这一部系统完备的著作。这并不是从前人特别糊涂，我们特别聪颖，只是研究的方法改过来了。从前人的研究方法不注重于实际的材料而注重于猜度力的敏锐，所以他们专喜欢用冥想去求解释。……

我们处处把（用？）实际的材料做前导，虽是知道的事实很不完备，但这些事实总是极确实的，别人打不掉的。我希望大家看着旧红学的打倒，新红学的成立，从此悟得一个研究学问的方法，知道从前人做学问，所谓方法实不成为方法，所以根基不坚，为之百年而不足者，毁之一旦而有余。现在既有正确的科学方法可以应用了，比了古人真不知便宜了多少。

颉刚此段实在说的不清楚，但最可以表示当时我的"徒弟们"对于"研究方法改过来了"这一件事实，确曾感觉很大的兴奋。颉刚在此一段说到"正确的科学方法"，他在下一段又说道：

希望大家……（读这部《红楼梦辨》）而能感受到一点学问气息，知道小说中作者的品性，文字的异同，版本的先后，都是可以仔细研究的东西，无形之中养成了他的历史观念和科学方法……

他在序文前半又曾提到他们想"合办一个研究《红楼梦》的月刊，内容分论文，通信，遗著丛刊，版本校勘记等。论文与通信又分两类：（一）用历史的方法做考证的；（二）用文学的眼光做批评的。他（平伯）愿意把许多《红楼梦》的本子聚集拢来校勘，以为校勘的结果一定可以得到许多新见解"……

平伯此书的最精彩的部分都可以说是从本子的校勘上得来的结果。

1957.7.23夜半纪念颉刚、平伯两个《红楼梦》同志
适之
（收入《胡适手稿》第九集）

跋《红楼梦书录》

《红楼梦书录》收录《红楼梦》的版本及其他有关的文字约九百种之多,"直到1954年10月以前为止"。这是因为1954年10月以后,中共开始清算俞平伯的《红楼梦简编》与《红楼梦研究》,不久就"枪口转向胡适",引起了几百万字的清算我的文字,实在"美不胜收"了!

此录把我的《乾隆甲戌(1754)脂砚斋重评石头记》列在第一(三页),又明说"周汝昌有录副本"(五页),故我去年曾疑心此录的编者署名"一粟",可能就是周汝昌或是他的哥哥绠堂。

今天我重翻检此录,才知道此录不是周家兄弟编的。第一,此录记我的甲戌本,说:

此本刘铨福旧藏。……后归上海新月书店,已发出版广告,为胡适收买,致未印行。(五页)

这是无意的误解或有心的歪曲我说的"不久新月书店的广告出来了,藏书的人把此书送到店里来,转交给我看"一句话。汝昌兄弟何至于说这样荒谬的话？第二，汝昌兄弟有影印的全部，而此录仅说汝昌有"录副本"，似编者未见他们的影写本。第三，汝昌弟兄影写本，全抄刘铨福诸跋及濮氏兄弟合跋，又抄了俞平伯跋的全文。而此录（五页）载平伯此跋是从《燕郊集》转抄来的。若此录出于周氏兄弟，他们何必引《燕郊集》呢？

此录"古典文学出版社"印行，字数二十七万七千，1958年4月第一版。

此录分七类：（一）版本、译本；（二）读书（附仿作）；（三）评论（附报刊）；（四）图画、谱录；（五）诗词；（六）戏曲、电影；（七）小说、连环画。

1961.2.15 胡适

【补记】

此录的"评论"部分，二三三页收有"曹雪芹家的籍贯"一目，"适之撰。载1948年2月14日上海《申报·文史》第十期"。这不是我的文字，不知是谁。可能是误记了作者题名？

同页收有"《红楼梦》作者曹雪芹生卒年之新推定"一目，"周汝昌撰，载1947年12月5日天津《民国日报·副刊》第七十一期"。又"致周汝昌函"一目，"胡适撰。载1948年2月20日天津《民国日报·副刊》第八十二期"。我此信可能是1947年12月写的。又下一页收"关于曹雪芹的生卒年，复胡适之先生"一目，周汝昌撰。载1948年5月21日天津《民国日报·副刊》第九十二期。这一次通信是因为周汝昌发现了敦敏的《懋斋诗抄》抄本里的一首题"癸未"的诗，其下第三页为《小诗代简寄曹雪芹》，故他主张雪芹之死不在"壬午除夕"，应是"癸未除夕"。我给他的信，说他的证据似可信。我当时也疑心我的"甲戌本"上"脂批"的"壬午除夕"可能是"癸未除夕"的误记。近年（1955）这本《懋斋诗抄》影印本出来了。我看了这个抄本的原稿子，似不是严格依年月编次的；又不记叶数，装订时更容易倒乱。《小诗代简》一首及前三首的次第如下：

《古刹小憩癸未》；

《过贻谋东轩，同敬亭题壁，分得轩字》；

《典裘》；

《小诗代简，寄曹雪芹》。

这首《寄曹雪芹》诗如下：

东风吹杏雨，又早落花辰。好枉故人驾，来看小院春。诗才忆曹植，酒盏愧陈遵。上巳前三日，相劳醉碧茵。

这好像是癸未（乾隆廿八年，1763）春天邀雪芹三月一日（"上巳前三日"）去小酌的"小诗代简"。发此"代简"时，去雪芹死（壬午除夕）只有一个半月的光景，可能他还不知道雪芹已死了。敦诚的挽雪芹诗，题下写"甲申"（乾隆廿九年），而敦敏有《河干集饮题壁，兼吊雪芹》诗，无年月，编在"代简"诗之后第十六叶，诗中有"逝水不留诗客杳，登楼空忆酒徒非"之句。此诗与"代简"诗之间，有诗五十八首，未必都是一年内之作，也未必是依年月编次的。故我现在的看法是，敦敏的"代简"诗即使是"癸未"二月作的，未必即能证实雪芹之死不在壬午除夕。

1961.2.17 胡适补记
（收入《胡适手稿》第九集）